아프지만 책을 읽었습니다

아프지만 책을 읽었습니다

초판 1쇄 인쇄 2020년 10월 26일
초판 1쇄 발행 2020년 10월 31일

지은이 김은섭
기획 김성신

펴낸이 김명숙
교정 정경임
펴낸곳 나무발전소

주소 03900 서울시 마포구 독막로 8길 31 서정빌딩 701호
이메일 tpowerstation@hanmail.net
전화 02)333-1967
팩스 02)6499-1967

ISBN 979-11-86536-72-8   03810

※ 책값은 뒷표지에 있습니다.

김은섭의 암중모책

아프지만 책을 읽었습니다

김은섭 지음

사랑하는 아들, 건우에게 바친다.
"아들아, 넌 내 심장이란다."

나는 책을 읽으며 울고 웃었다,
이해했다, 사과하고 용서했다
그리고 화해했다

'거짓말처럼 난, 암환자가 되었다.' 이 한 문장이 나를 여기까지 데리고 왔다. 암환자가 된 그날 밤, 난 잠들지 못했다. 한동안 뒤척이던 아내가 고른 숨을 쉴 때까지 기다렸다가 거실로 나온 나는 갈 곳을 잃은 채 한참을 서성거렸다. 그러다 문득 '내가 얼마 동안 어떻게 살든 현재 상황을 글로 남겨야겠다.' 고 생각했다. 암 발병 이후의 모든 순간을, 감정을 기억하고 싶었다. 이렇게라도 해야 잠들 수 있을 것 같았다. 아니, 어쩌면 특별한 순간은 모두 글로 남기고 싶은 글쟁이의 못된 버릇 때문인지도 모른다. 그렇게 시작된 결심은 오늘까지 나를 붙들고 놓지 않았다.

암환자가 되는 건 예고가 없었다. 정말 거짓말처럼 찾아왔다. 암이란 놈은 내가 뒤늦게 확인해서 알았을 뿐, 이미 오래 전부터 내 몸속에서 똬리를 틀고 몸집을 키우고 있었다. 암 발병 사실을 알았을 때 난 심하게 절망했다. 암이 생긴 원인이 나 자신에게 있다고 생각하자 건강에 대한 나의 무책임성에 좌절할 만큼 부끄러웠다. 그리고는 나 스스로를 인생이라는 무대의 뒤편으로 내던져버렸다. 요즘은 흔한 말이 되어버린 '자.가.격.리.'를 해버린 것이다. 암환자가 된 뒤 줄곧 나를 괴롭힌 건 바로 '외로움'이었다. 암환자가 된다는 건 죽을 때까지 삶과 죽음을 동시에 경험하며 '철저하게 혼자'가 된다는 것과 같다. 이런 암환자의 고독은, 겪어보지 않고는 그 누구도 모르는 '절대고독'이다. 당신이 상상하는 그 이상이다.

온전히 병자만이 느끼는 고통 속 고독, 세상으로부터 격리된 사회 속 고독, 죽음을 목전에 둔 인간의 고독은, 온전히 나만의 것이다. 환자복을 입는 순간, 고독감이 훅~ 하고 내게 들어왔다. 그것을 뭐라고 설명하면 좋을까. 헤르만 헤세의 〈안개 속에서〉라는 시에 이런 구절이 있다.

나의 삶이 아직 환했을 때
내게 세상은 친구로 가득했다.
이제 안개가 내려,
더는 아무도 보이지 않는다.

어둠을, 떼어놓을 수 없게 나직하게
모든 것으로부터 그를 갈라놓는
어둠을 모르는 자
정녕 그 누구도 현명하지 않다.

기이하여라, 안개 속을 거니는 것은
삶은 외로이 있는 것
어떤 사람도 다른 사람을 알지 못한다.
누구든 혼자이다.

고인이 된 스티브 잡스는 말했다. "당신은 당신의 차를 운전
해 줄 사람을 고용할 수 있고, 돈을 벌어줄 사람을 구할 수도
있다. 하지만 당신 대신 아파줄 사람을 구할 수 없을 것이다."
내 고통을 어루만지고 다스릴 자는 나밖에 없다. 하지만 도움
을 받을 수 있다면 든든한 지원군이 된다. 나는 책의 도움을

톡톡히 받았다. 벌건 대낮이든 신새벽이든 외롭고 고통스럽고 힘겨울 때마다 내가 읽은 나의 책들은 나를 위로하고 격려해 줬다. 독서는 죽음의 벼랑 앞에 홀로 서 있는 외로움, 죽지도 살지도 못한 자의 외로움을 꿋꿋이 견뎌내도록 든든한 버팀목이 되어주었다.

암환자가 된 뒤 읽은 책은, 그냥 책이 아니었다. 내게 남은 삶을 더 알차게 만들어줄 지도와 나침반이었다. 나는 책을 읽으며 울고 웃었다, 이해했다, 사과하고 용서했다. 그리고 화해했다. 투병의 괴로움을 다섯 살짜리 아들을 보며 잊었고, 발병의 우울함을 친구와 주위 사람들을 통해 해소했다. 그리고 책은 '산다는 것은 무엇일까? 어떻게 살까? 그리고 어떻게 죽을까?' 하는 질문들에 대한 답을 스스로 찾도록 도와주었다.

암 발병 후 처음으로 기록을 남겨야겠다고 생각했을 때 '암환자란 게 벼슬도 아니고 훈장도 아닌데 무슨 책이냐'는 반문도 들었다. 아내도 처음엔 극구 말렸다. '유명인도 아닌 사람이 암에 걸린 사실을 뭐 하려고 굳이 알리느냐'는 것이었다. 만약 내가 병에 걸리지 않았고 친지가 병에 걸려서 나을 때 즈음 그걸 글로 알리려 한다면 나 역시 말렸을지도 모른다. 병은, 특히 암은 지극히 사적이고, 비밀스러운 경험이기 때문이다. 십분 이해한다고 해도 자랑거리는 아니지 않은가. 부정할 생각은 없다. 게다가 부자들이 돈을 버느라 자신이 돈 번 이야기를 쓸 수 없듯이, 암환자들은 병과 싸우느라, 자신을 지키느라 말할 여지가 없다. 다행히 항암치료를 마쳤다 하더라도 치료받는 동안 쏟아부은 기력을 회복하느라 누군가에게 자신의 병을 이야기할 여지는 더더욱 없다.

하지만 내가 환자가 되어 절실히 느낀 점은 '암환자를 위한 나라는 없다'는 것이었다. 병과 매일 싸우며 버티기도 힘든데, 암환자로 보내는 생활은 더욱 힘들었다. 그래서 내가 이렇게 저렇게 용케 잘 견뎌내며 지냈던 나날을 기록해 그 경험을 공유하고 싶었다.

내가 이 책을 쓴 이유는 '암환자가 투병하고 있는 하루하루도 소중한 인생의 한 부분'이라는 걸 알려주고 싶어서였다. 재수가 있든 없든, 그 아픈 정도가 심하든 덜하든 상관없이 암이라는 두려운 병에 걸렸지만, 그렇다고 해서 그들의 인생이 끝난 건 아니란 점을 내 생활을 통해 직접 보여주고 싶었다. 내가 병상에 누워 일어날 수 있든 없든, 먹을 수 있든 없든, 걸을

수 있든 없든, 환자가 보내는 하루하루는 인생의 소중한 시간

들이었다. 나는 현재 항암치료 이후 3개월마다 추적검사를 받

으며 지내고 있다. 쉽게 말해 여전히 전이와 재발의 가능성을

갖고 매일을 살고 있다는 뜻이다.

아프면 돈도 명예도 부질없다. 욕심도 욕정도 허망하다. 해

떨어질 무렵, 누구야 하고 부르는 엄마 목소리에 모래밭에서

성을 쌓던 놀이는 아무런 가치가 없어지는 것과 같다. 마지막

을 경험해 봐서 하는 말인데, 최소한 "아, 돈이나 더 벌었으면

좋았을 텐데." 하는 생각은 절대 들지 않았다. 부자라고 열 끼

를 먹는 것이 아니다. 돈으로 명품으로 온몸을 휘감는다 해도

내 몸뚱이는 매일 씻어야 냄새가 나지 않는다. 다 필요없다.

내가 사랑하는 사람이 나를 사랑해 준다면, 난 행복한 사람인

거다. 그걸, 이제야 알았다.

메멘토 모리(Memento Mori, 네가 죽을 것을 기억하라.)와 카르페

디엠(Carpe Diem, 오늘을 즐겨라.), 이 둘의 상관관계는 메멘토 모

리를 먼저 알아야 카르페 디엠이 가능해진다는 것이다. 즉 죽

음을 기억해야 오늘이 소중해진다. 사람들은 마치 불멸할 것

처럼 오늘의 순간을 허비하며 살지만, 10분 후 미래도 알 수

없는 것이 우리가 아니던가. 비록 암환자가 되었더라도 제 수명을 다해서 살다 죽을 수도 있고, 세상에 넘쳐나는 사건사고로 멀쩡하던 젊은이가 내일 명을 달리할 수도 있다. 태어날 때는 순서가 있어도 죽을 때는 순서가 없다는 말이 틀림이 없다. 어쨌든 분명한 사실은 사람은 누구나 언젠가는 죽는다는 것이다. 나는 암환자가 된 후에야 죽음이 얼마나 가까이 내 곁에 있는지 알았고, 비로소 카르페 디엠의 진정한 뜻도 알게 되었다.

암환자에게 '회복'이란 암에 걸리기 전과 같은 건강한 상태로 돌아가는 것이 아니다. 내 몸에 암이 발병한 이상 내 삶에서 절대 떨어지지 않는다는 걸 난 몸으로 알 것 같다. 그렇지만 난 그 현실에 슬퍼하기보다는 '내 속에 살고 있는 암을 기억'하며 더 잘 살아낼 것이다. 내가 앞으로 살아갈 날들은 발병 전보다 훨씬 더 알차고 유의미하게 살아낼 생각이다. 내일과 미래를 위해 살기보다 마치 오늘만 살고 마는 사람처럼 지금 이 시간, 당장을 내가 사랑하는 사람과 함께 만끽하며 채워나갈 작정이다. 매일을 '오늘만 살고 마는 사람'처럼 새롭게 태어난 듯 살면 될 것 아닌가.

나는 아픔과 외로움에 힘겨워하는 이들의 고독에 한 뼘의 어깨를 내어줄 친구가 되고 싶어 이 글을 썼다. 시간이 날 때마다, 기억이 날 때마다 시간의 조각들을, 생각의 비늘들을 수기로, 녹음으로 담아서 글로 써내렸다. 한 자 한 자 적을 때마다 힘이 들어서 깊은 한숨을 쉬고, 애써 입술을 깨물며 흐느끼면서도 글쓰기를 멈추지 않았다. 항암주사를 맞아 팔이 거의 굳은 상태에서도, 손 저림으로 감각이 없는 상태에서도 흩어질 것 같은 생각을 붙잡으려고 노력했다. 힘들었지만 그렇게 글을 쓰고 책을 읽은 덕분에 힘든 투병과 항암을 이겼는지도 모른다.

투병을 하면서 가장 힘든 것은 통증과 외로움이다. 그런데 난생처음 겪게 되는 고통의 시간일망정, 그로 인해 겪는 다양한 경험과 감정들을 누군가와 공유할 수 있다면 투병도 그럭저럭 버틸 만한 일상이 된다. 다시 말해 투병하면서 겪게 되는 다양한 감정들에 대해 타인과 공유할 수 있다면 투병에 큰 도움이 된다는 것을 깨달았다. 그 점에서 이 책이 환자에게는 동병상련의 공감을, 가족과 지인에게는 환자의 마음을 대신하는 고백이었으면 하는 바람이 크다.

contents

발병

거짓말처럼,
난 암환자가 되었다

"다 괜찮아요. 다 괜찮은데….'"

침을 꼴딱 삼켰다.

"위내시경 상에서 역류성식도염이 발견됐어요. 증상이 꽤 심하네요. 조심해야 해요."

'휴우~ 별것 아니네. 담배 끊은 글쟁이가 새벽까지 책 읽고 글을 쓰면서 냉수만 마실 수는 없잖아. 그렇다고 매일 밤 야식을 배불리 먹은 것은 아니지만, 커피와 바삭바삭 소리가 나는 과자는 종종 먹었다. 아니, 꽤나 먹었지. 아마 그 탓이리라. 대한민국 남자 열에 일곱은 걸리는 그거, 열심히 '유산균 윌'을 마시면 낫겠지. 뭐 이 정도면….'

"그리고 말이에요. 대장내시경에서는 말이죠…."

'아, 맞다. 대장내시경 결과가 또 남았구나. 뭐 별것 있겠어? 혹시 용종?'

"용종이 두 개가 발견되었고요. 그거야 떼어내면 되지만, 대장 한참 아래쪽에 '종양'으로 의심되는 게 꽤 커요."

그 말 이후로 의사의 말이 잘 들리지 않았다. 의사는 더 큰 병원에 빨리 가서 검사받아야 운운하는데 말소리가 서서히 줄어들더니 완전히 들리지 않았다. 의사는 입만 뻥긋거렸다, 배고픈 붕어처럼. 나는 아무런 생각을 할 수 없었다. 검사 전날 금식을 했던 터라 의사를 만나러 진료실에 들어가기 전에는 배도 꽤 고팠는데…. 지금은 아무 생각도, 아무런 느낌도 들지 않았다.

'내가 암환자라고?' 스스로에게 묻는 순간, 아내와 다섯 살짜리 아들 모습이 떠올랐다. '내가 없으면 얘네들 어떻게 하지?' 하는 생각에 고개를 돌려 아내를 쳐다보았다. 아내는 이미 나를 보고 있었다. 반쯤 넋이 나간 사람처럼.

지난 여름 끝 무렵부터 설사가 잦았다. 살을 뺀다고 커피에 코코넛 오일과 버터를 섞어서 마시는 '방탄 커피'란 걸 한동안 마셨는데, 그 때문에 시작된 설사가 계속되는 거라고 나는 생각했다. 설사가 일주일이 넘도록 지속되자 '과민성 대장 증상'이 생길까 두려워 방탄 커피 마시기를 그만뒀다. 하지만 설사는 멈추지 않았다. 어느 때부터 변에서 피 냄새 같은 비릿함이 느껴졌다. 검붉은 색의 변도 묽고 깨끗하지 못했다. 괜한 걸 마셔서 설사가 꽤 오래간다고 생각했다.

'아인리히의 법칙'이란 게 있다. 큰 산업재해가 발생하면 그 전에 같은 원인으로 29번의 작은 재해가 발생했고, 같은 원인 으로 자잘한 부상 같은 일이 300번 정도는 있었다는 산업안 전계의 불문율이다. 계속되는 설사에 '혹시 암 아냐?' 하는 생 각이 전혀 없었던 건 아니었다. 그 생각이 들 때마다 '에이, 말 도 안 돼. 이 나이에 내가 왜? 재수 없는 생각을 한다, 내가.' 하 며 절대로 그럴 리 없다고 쓸데없는 걱정이라며 스스로에게 손사래를 쳤다.

그리고 설사를 치료하러 병원에 가는 대신 화장실 위생을 위해 비데를 설치했다. 눈 가리고 아웅이라 했던가. 스스로 내 린 어설픈 진단과 말도 안 되는 처방으로 피설사라는 경고를 무시했다. 눈에 보이는 증상을 아예 차단해 버렸다. 그리고는 곧 나아지겠지 하고 자위했다. '별일 있겠어?'라는 생각도 했 다. 벌써 두 달이 넘도록 설사를 하면서도 나아질 거라 생각하 다니… 난 정말 멍청했다.

2017년 11월 말일, 바쁘다는 핑계로 그동안 미뤄뒀던 '건 강검진'을 아내와 함께 받기로 했다. 이번에 내가 건강보험공

단을 통해 받는 건강검진에는 '위내시경'이 포함되어 있었다. 아내는 위내시경을 하려면 어차피 금식을 해야 하니까 유료로 '대장내시경'도 포함시켜서 받으라고 권했다. 이제껏 한 번도 받아본 적 없고, 그동안 살짝 걱정하던 설사의 원인도 알고 싶어서 아내의 말대로 위내시경과 대장내시경을 함께 받기로 했다. 아내의 권유를 들은 것이 이른바 '신의 한 수'였단 걸 깨닫는 데는 그리 긴 시간이 필요하지 않았다.

'대장암 3기'. 소화기내과 과장이 내린 진단이었다. 대장내시경 사진을 직접 보니 암세포가 대장 속에서 왕성하게 자라나 대장 벽을 거의 채울 만큼 시뻘겋게 가득 차 있었다. 나도 모르게 '헉' 하고 숨이 막혔다. '내가 지금껏 저토록 검붉은 잉걸불을 뱃속에 품고 살았구나.' 보고 있기가 너무 끔찍해서 차마 눈을 감아버렸다.

영화나 드라마에서 보면 주인공이 의사로부터 이런 진단을 들으면 순간 하늘이 무너지는 듯 눈앞이 캄캄해지는 듯 비틀거리더니, 순간 화가 나고 슬프고 억울한 마음이 들어 의사 멱살을 잡고 "당신 거짓말하지 마. 내가 왜 암이야!"라며 소리치고 하던데…. 난 그냥 멍하니 의사만 쳐다보고 있었다. 오히려 기분이 더러울 만큼 담담했다.

함께 건강검진을 받았던 아내는 건강했다. 아내는 위내시경을 포함해 자궁경부암 검진도 받았는데 깨끗하다고 했다. 천만다행이었다. 나의 진단을 듣고 난 후 아내의 표정도 어색하리만치 담담했다. 오히려 그게 더 안쓰러웠다. 집으로 돌아오는 택시 안에서 둘은 말이 없었다. 난 왼쪽 창가를, 아내는 오른쪽 창가를 보고 있었다. 하다못해 슬쩍 손이라도 잡고 갔다면 좋았을 걸 하는 생각이 들었다. 하지만 차마 하지 못했다.

발병 사실을 안 오늘, 지금 이 글을 쓰는 동안 입이 무척 쓰다고 느껴졌다. 생각해 보니 금식하느라, 그리고 발병에 놀라서 물 한 모금 마시지 못한데다 위내시경 검사를 위해 마신 쓴약 때문인지도 모른다. 물 한 컵을 가득 담아 마시다가 문득 '이제는 물도 마음대로 마시지 못하는 신세가 되었구나.' 하는 생각이 들었다. 새로 얻은 닉네임이 불청객처럼 언짢기만 하다. '나는, 암환자다.'

의사 앞에서는
누구나 어린아이다

암진단을 내린 2차 병원에서 정확한 진단을 위해 대학병원에 가서 다시 정밀검사를 해보라고 했다. 어느 멜로 영화의 대사 같은 의사의 권유를 듣자 정신이 아득해졌다. 진료실 밖을 나오자 정신이 멍해지고 어지러웠다. 당장 어느 대학병원을 가야 할지도 몰랐다. 어떤 기준으로 대학병원을 골라야 할지도 전혀 짐작이 되지 않았다. 집에 돌아오자마자 당장 생각나는 사람들에게 수소문해서 대학병원 여러 곳을 추천받았다. 그중 부산 시내 중심에 있는 D대학병원을 선택했다.

알고 지내는 약사 동생은 내게 두말하지 말고 서울에 있는 종합병원을 가라고 강권했다. 자신의 어머니가 몇 년 전 암에 걸려 수술하셨는데, 서울에 있는 병원에서 후회 없는 치료를 받았다며 병원을 잘못 고르면 시작부터 큰일 난다며 내게 서울행을 고집했다. 약사이자 암환자의 가족이었던 후배동생의 조언이라서 순간 망설였지만, 곧 마음을 고쳐먹고 부산의 대학병원을 최종적으로 결정했다. 그 이유는, 내가 가장이기 때문이다.

제아무리 암이라 해도 치료를 받기 위해 일하는 아내와 어린 자식을 부산에 두고 홀로 서울에 갈 수 없었다. 설령 내가 부산에서 입원한다 하더라도 아내는 일도 하고 아이도 돌봐야 하기 때문에 나홀로 병원에서 지내야 하는 건 마찬가지다. 하지만 서울에 있는 병원에 입원한다면 가족과 심리적 거리는 물론 물리적 거리마저 멀어져서 걱정과 그리움에 오히려 병을 더 키울 것 같았다. 아내도 내 뜻을 받아들이고 부산에서 수술하기로 결정했다.

부산의 D대학병원을 추천한 사람은 어느 종합병원의 신경외과 과장인데, 대장암은 대한민국에서 두 번째로 빈번한 암인 만큼 대중화되어서 지방 대학병원도 수술 결과가 서울에 비해 손색없을 거라고 나를 설득했다. 또한 서울에 가서 수술하려면 대기 환자가 많아서 수술 순서를 오랫동안 기다려야 하고, 수술을 기다리는 동안 내가 무척 두렵고 힘든 시간을 보낼 거라고 덧붙였다. 게다가 수술 후에는 항암치료와 정기검진 등 수술 후 관리 차원에서도 매번 서울을 왕복해야 하는 어려움이 있다며 부산에서의 수술을 적극 권했다. 무엇보다 담당의사가 될 C교수는 대한민국에서 대장암 수술을 한 횟수로는 다섯 손가락 안에 꼽히는 권위자라며 걱정하지 말라고 했다.

의사를 만나는 날, 난 심하게 떨고 있었다. 아무리 유능한 의사라지만 생면부지의 인간에게 내 목숨을 맡긴다는 건 그 자체가 두려움이었다. '나를 담당할 의사의 수술 성공률은 과연 얼마일까? 내 수술을 하기 전날 어떤 이유로든 과음이나 폭음을 할지도 모를 일인데, 그렇다면 난 일주일 중 어떤 요일에 수술 받는 것이 확률적으로 유리할까? 정말 서울에 가지 않고 부산에서 수술을 받아도 되는 걸까? 그러다 혹 잘못되기라도 한다면?' 머릿속을 떠다니는 수많은 생각이 대학병원 입구를 들어설 때까지 나를 괴롭혔다. 외과 진료실 대기실에 앉아서도 난 몸을 심하게 떨었다. 유독 이를 덕덕거릴 만큼 떨었던 건 12월의 추위가 아닌 두려움 때문이었다.

"네, 대장암 3기 맞고요. 제대로 커져 있네요. 다소 반가운 소식은 수술 부위가 딱 한 군데에 뭉쳐 있어서 깔끔하게 제거할 수 있을 것 같고요. 다른 장기로의 전이도 없어 보입니다. 다만 암이 자리 잡은 부위는 수술하기가 쉽지 않습니다. 그런데요, 여기는 제가 잘하는 부분이기도 합니다. 힘드시겠지만 마음 군건하게 먹으세요. 수술하고 항암치료 받고 하면 다시 사회생활을 하실 수 있을 겁니다. 걱정 마세요."

사회생활을 할 수 있으니 걱정하지 말라는 의사의 마지막 말에 나도 모르게 울컥했다. 지금 내가 가장 듣고 싶은 말이었다. "네, 알겠습니다, 선생님. 선생님만 믿고 수술 때까지 잘 기다리겠습니다." 대답하며 고개 숙여 인사하고 진료실을 나왔다. 좋은 의사를 만난 것 같다는 느낌은 D대학병원을 선택하길 잘했다는 안심으로 이어졌다. 의사의 말 한마디에 며칠 동안 계속되었던 고민들이 흔적도 없이 사라졌다. 어이없게 기분마저 좋았다.

아프기 오래전부터 난 의사라는 직업을 '인간과 신의 중간쯤에 있는 사람'이라 생각했다. 삶과 죽음을 직접 관장하진 않지만, 언제라도 툭 하고 끊어질지도 모를 사람의 생명을 의료행위로 이승에 잡아놓을 수 있는 사람은 의사뿐이기 때문이다. 소방관이 모두가 뛰쳐나오는 화재현장을 찾아 불 속으로 뛰어들듯, 의사는 매일 아침 수많은 환자들을 스스로 찾아 들어 사람이다.

멀쩡한 사람도 한두 시간만 앉아 있으면 왠지 몸 어딘가가 아픈 듯하고 우울해지는 곳이 병원이 아니던가. 그런 곳을 직장 삼아 매일 출퇴근하면서 환자를 만나 처방하고, 또 일주일에 며칠은 시뻘건 피를 뒤집어쓰며 수술을 하는 사람들이 의사다. 내 다음 생에서도 결코 할 수 없을 것만 같은 그 직업은, 그래서 내게는 알 수 없는 경외심의 대상이다. 특히 암에 걸리고 난 이후엔 더욱 그랬다.

한편으로 이런 생각도 들었다. '의사들은 매일 만나는 환자를 보면 과연 어떤 생각이 들까? 그들은 자신이 치료 중인 환자의 아픔을 알기는 할까? 안다면 어느 정도 알까?' 물론 의사와 간호사가 수십 수백 명의 환자를 매일 만나려면 어느 정도 감정선의 거리감은 있어야 할 것이다. 그렇지 않으면 의료진은 단 하루도 버틸 수 없을 테니까.

하지만 의사가 환자의 상태에 대해 그냥 '좋다, 괜찮아진다'고 말해주는 정도가 아니라 지금 환자가 어느 정도 치료가 잘되고 있는지 등을 좀더 자세히 이야기해 주었으면 하는 바람이 크다. 평균 3분 남짓한 짧은 진료시간 동안일망정 의사가 환자의 처지를 조금이라도 공감하고, 이해해 준다면 말이다. 솔직히 환자들이 대기실에 앉아 족히 한 시간이 넘도록 하염없이 기다리는 이유는 의사에게 바로 공감과 이해한다는 말을 듣고 싶기 때문이다. 의사의 구체적인 격려와 위로는 환자에게는 진통제에 버금간다. 환자에게 의사는 지금으로선 신에게 가장 가까운 사람이니까.

시의적절하게 의사가 졸지에 환자가 되는 바람에 그들의 마음을 새삼 깨닫게 된다는 내용의 책을 기억해 냈다. 〈숨결이 바람 될 때〉 (흐름출판) 인데, 이 책은 치명적인 뇌 손상 환자들을 치료하며 환자들에게 죽음 대신 삶을 선물하던 36세의 신경외과 의사인 저자가 어느 날 폐암 말기 판정을 받고 죽음을 마주하게 된 2년을 담고 있다. 나는 이 책을 읽고 암환자와 의사를 동시에 경험하는 저자의 진심을 엿볼 수 있었다.

폴 칼라니티는 일주일에 100시간 이상을 병원에서 보내는 레지던트 수련 과정을 거의 성공적으로 마치던 미국 의사였는데, 어느 날 갑자기 아프기 시작했다.

가슴에 심한 통증이 여러 차례 느껴졌다. 일하다 뭔가에 부딪쳤나? 늑골에 살짝 금이라도 간 걸까? 밤에 홑이불을 흠뻑 적실 만큼 땀을 많이 흘리기도 했다. 체중도 다시 줄기 시작했다. 이번엔 그 속도가 더 빨랐다. 79킬로그램이던 체중이 순식간에 66킬로그램까지 내려갔다. 기침이 끝임없이 이어졌다. 의심의 여지가 거의 없었다.

(숨결이 바람 될 때, 24쪽)

폴은 의학적 지식을 충분히 가진 의사이면서도, 그래서 암에 걸렸을 가능성을 직감적으로 눈치챘으면서도 자신의 증상을 심상치 않다며 제대로 검사하지 않고 간단히 흉부 엑스레이를 찍는 등 몇 가지 진찰만 받고 휴가를 떠났다. 오랫동안 기다려온 친구를 만나러 가는 예정된 여행을 취소하고 싶지 않아서였다. 누구에게나 그렇듯 내 인생에 찾아든 '병'은 영원한 불청객이니까. 폴은 여행 내내 '내 의심이 틀렸으면 좋겠다'고 간절히 바랐지만 예감은 틀리지 않았다.

누구나 암환자가 되면 언제든 어떤 방식으로든 자주 울기 마련이다. 문득문득 자신의 상황을 인정하기가 너무나 무섭고 두렵기 때문이다. 의사인 폴도 예외는 아니었다. 그는 입원 후 아내와 함께 울었다.

루시와 나는 병원 침대에 누워 울었다. CT 촬영 결과는 여전히 컴퓨터 화면에 떠 있었고, 의사로서의 내 정체성은 더는 중요하지 않았다. 암은 여러 내장 기관들에 침투해 있었고 진단은 명확했다. 병실은 조용했다. 루시는 날 사랑한다고 말했다. "나는 죽고 싶지 않아."라고 말했다. 그리고 아내에게 재혼하라고, 그녀가 혼자 남겨진다고 생각하면 견딜 수 없다고 말했다. 나는 담보대출을 이자가 더 낮은 곳으로 당장 바꿔야 한다는 말도 했다.

우리는 가족들에게 전화를 하기 시작했다.

(숨결이 바람 될 때, 148쪽)

시한부 판정을 받아들고 '어쨌든 살고 싶다'는 강한 의지나 졸지에 환자가 된 자신보다 남겨진 가족들을 위해 걱정하는 꼴, 의사도 환자가 되면 일반인과 크게 다르지 않았다.

나 역시 암 발병을 알았을 때 무슨 방법을 써서라도 살아야겠다고 생각했다. 내가 사라지고 난 뒤 남겨질 가족에 대한 걱정이, 내가 살아야 할 유일한 이유였다. 발병을 안 다음날 나는 우선 병원비를 걱정했고, 주택담보대출을 걱정했다. 아울러 내 손길이 미치지 못한 채 불안하게 자라날 아이와 일과 육아를 병행하느라 힘겨워할 아내의 모습이 순간순간 떠올랐지만 그때마다 상상조차 하기 싫었다. 그들을 위해서라도 난 어쨌든 살아야겠다고 생각했다. 아이러니였다. 난 아픈데, 암에 걸려 죽을지 살지 모르는데, 환자인 내가 아닌 가족만 걱정하고 있으니 말이다.

환자는 의사의 진단을 통해서 비로소 지옥문을 만난다. 의사의 입으로 내가 암환자라는 사실을 알고, 그 공포와 충격으로 사흘 동안 5킬로그램이 빠져버렸다. 대장암 절제 수술을 위해 병원에 입원한 후 금식을 하면서 6킬로그램이 더 빠졌

다. 그러자 내 몸은 균형을 잃고 무너졌고, '아, 이러다가 수술
도 하기 전에 죽을 수 있겠구나.' 하는 생각이 들 정도로 지쳐
갔다. 하지만 체중감소보다 나를 더 힘들게 한 건 죽음에 대한
두려움이었다. 내가 치료를 받는 동안 까딱 잘못하면 죽을지
도 모른다는 두려움만이 나를 사로잡았다. 죽음 앞에선 그 무
엇도 중요하지 않았다. 정말이지 죽음의 두려움만큼, 딱 그 사
이즈만큼 살고 싶었다.

중병에 걸리면 삶의 윤곽이 아주 분명해진다. 나는 내가 죽으
리라는 걸 알았다. 하지만 그건 전부터 이미 알고 있던 사실이었
다. 내가 갖고 있는 지식은 그대로였지만 인생 계획을 짜는 능력
은 완전히 엉망진창이 됐다. 내게 남은 시간이 얼마나 되는지 알
기만 하면 앞으로 할 일은 명백해진다.

(숨결이 바람 될 때, 193쪽)

폴은 다행히 항암치료를 받으면서 다시 의사로 돌아와 수술
실로 복귀했고, 아내는 체외수정을 통해 임신을 성공했다. 하
지만 폴이 의사 가운을 입고 마치 환자가 아닌 듯 발버둥치면
칠수록 몸속에 숨어 있는 무정한 암은 그의 인생을 송두리째
빼앗고 있었다.

발병의 슬픔에는 부정 - 분노 - 협상 - 우울 - 수용의 5단계가 있다고 한다. 폴은 처음 암 진단을 받았을 때, 부정도 분노도 불만도 없었다. 그저 담담하게 죽음을 맞이할 생각이었다. 하지만 그렇게 빨리 죽지 않을 수도 있다는 희망이 생기자, 그는 자신의 병을 부정했다. 열심히 살면 오래 살 수 있다고, 그리고 예전처럼 잘 살 수 있을 거라 생각했다. 하지만 그건 폴의 착각이었다. 생에 집착하면 할수록 점점 더 축이 나는 몸과 잦은 기침, 늘어만 가는 소염제와 구토 방지제로 그의 하루는 점점 숨이 가빠져 갔다. 졸지에 의사에서 암환자가 되어버린 폴. 그는 암환자가 되면서 비로소 의사라는 직업의 정체성을 확실하게 깨닫게 되었다.

내가 바라는 게 뭔지는 몰라도 나는 히포크라테스나 마이모니데스, 오슬러도 가르쳐주지 않은 뭔가를 배웠다. 의사의 의무는 죽음을 늦추거나 환자에게 예전의 삶을 돌려주는 것이 아니라, 삶이 무너져버린 환자와 그 가족을 가슴에 품고 그들이 다시 일어나 자신이 처한 실존적 상황을 마주 보고 이해할 수 있을 때까지 돕는 것이다. 내가 외과의사로서 얼마나 오만했었는지 뼈저리게 느꼈다.

(숨결이 바람 될 때, 198쪽)

폴의 병세가 급격히 악화되어 사망하는 바람에 어쩔 수 없이 이 책의 마무리인 에필로그는 아내인 루시 칼라니티가 대신했다. 하지만 폴은 생의 마지막 몇 년을 오로지 이 책을 쓰는 일에 매달렸다. 항암치료를 받는 기간 동안 온몸이 수시로 떨리고 조그마한 충격에도 크게 반응해서 오타와 통증으로 타이핑하기가 여간 쉽지 않았다. 하지만 폴은 기운이 날 때마다 멀쩡한 정신일 때마다 '화학요법 때문에 손가락 끝이 갈라져서 아플 때에도 솔기가 없고 가장자리가 은색으로 된 장갑을 끼고' 이 책을 썼다.

그토록 폴이 세상에 전하고 싶은 절박한 무엇은 '의사이자 환자로서 죽음과 씨름'하며, 서서히 죽어가는 길 앞에 무엇이 있었는지 담담하게 보여주는 것이 아니었을까.

영단어로 환자 patient의 뜻 중 하나는 '불평 없이 곤경을 견디는 자'라고 한다. 인간이라는 동물이 남의 '아픔'에 얼마나 무덤덤한지는, 환자가 되어보면 새삼 알게 된다. 환자인 나의 고통을 십분 이해해 줄 타인은 애초에 없으니 아예 기대하지 말아야 한다. 거의 대부분의 사람이 환자가 되면 나를 알아달라고 불평하지 않고 끙끙거리며 곤경을 견디는 건 바로 그 때문이다. 하지만 환자는 백색 가운만 보면 가차 없이 무너진다. 내일이면 오십줄에 있는 나 역시 의사 앞에서는 어린아이의 심정이 되어 의지하고 있었다.

아침저녁 회진을 하는 의사 앞에 서면 한 번이라도 내 눈길과 마주치기 바라고, 의사가 별 의미 없이 "오~ 상태가 좋네요. 잘하고 있어요."라고 말하면 곧 퇴원할 것처럼 금방 쌩쌩해진다. 이것이 환자의 숙명이다. 의사나 간호사가 환자의 그 마음을 얼마나 알까?

죽음을 준비하다
살기로 작정했다

대장암 절제 수술을 받기 전까지 3주 동안은 하루하루를 보내기가 너무나 힘들었다. 수술을 기다리는 동안 어쩌면 내가 이 세상에 살아 있는 남은 며칠일지 모른다는 생각 때문이었다. 뉴스에서 종종 의료사고를 목격했듯이 전신마취를 하는 수술은 위험한 게 사실이다. 그런 큰일을 앞두고 특히 내 아들 녀석을 볼 때는 더욱 힘들고 괴로웠다. 녀석의 눈과 마주치는 순간마다 '작별'하는 기분이 들어 울컥했다. 말 그대로 '온전히 내 눈에 넣어도 아프지 않을 것 같은 녀석', 녀석은 내 심장이다.

글쟁이의 벌이는 시원찮다. 정기적으로 원고를 기고하는 매체가 두어 군데 있거나 강의나 강연, 정기적인 방송 출연 같은 부수입 없이 온전히 글쓰기로 벌이를 따진다면 글쟁이는 그야 말로 최저임금 수준에도 못 미치는 최악의 직업이다. 그래서 가계를 책임지는 아내를 대신해서 녀석을 돌보는 건 온전히 내 몫이었다. 나는 낮엔 집안일을 하는 주부이자 녀석을 돌보 는 보모로 살고, 녀석이 잠든 깊은 밤이 되면 책을 읽고 글을 썼다.

그 덕분에 녀석이 세 살이 된 이후로(태어나서 두 살 때까지 녀석 을 돌봐주는 할머니가 있었다.) 나와 녀석은 거의 한 몸처럼 붙어살 았다. 그렇게 살기를 3년째가 된 지금, 만약 수술이 잘못된다 면 더이상 내 눈에 녀석을 담을 수 없을지도 모른다는 생각은 나를 정말 미치도록 힘들게 했다. 무엇보다 수술을 앞두고 녀 석을 돌보는 몇 주 동안 '어쩌면 녀석에게 이런저런 걸 못 해 주고 죽을지도 모르겠구나.' 하는 생각이 들 때마다 가슴이 미 어졌다.

다섯 살 아들에게 아빠가 해줄 일은 적지 않다. 나이 많은 부모 사이에서 태어난 탓인지 녀석은 유독 작게 태어났다. 녀 석은 자라면서 예민한 성격에 잘 잠들지 못하는 데다, 입이 짧 아서 잘 먹지도 않았다. 그래서 또래들보다 키도, 체격도 작은 녀석에게 늘 미안했다. 그래서 나중에 좀더 자라면 마음껏 자 전거도 가르치고, 태권도 도장에도 보내려고 했다. '그러면 지금보다 더 잘 먹고 잘 자서 몸도 키도 클 텐데…. 내가 없으면 운동을 싫어하는 엄마는 절대로 녀석에게 운동을 가르치지 않을 텐데….' 하는 생각에 애가 닳았다.

'녀석은 사우나에서 넓은 온탕과 냉탕을 오가면서 잠수하고 수영하며 놀기를 좋아하는데, 내가 없으면 어떻게 하지? 설령 어찌해서 혼자 갈 수 있다고 해도 머리도 제대로 못 감고, 온몸에 비누질도 잘 못 할 텐데…. 수건으로 몸이나 잘 닦으려나? 제대로 하지 않으면 몸에 부스럼이 날 텐데….'

뭐, 그런 거야 수술 전에 아내에게 유언 삼아 당부 글로 몇 자 남기면 지켜줄 수도 있다 치자. 하지만 '녀석이 하루 중 몇 번은 아빠의 부재(不在)를 느끼겠구나.' 하는 생각이 들면 녀석과 눈을 마주칠 때마다 목이 메고 눈물이 났다. 참을 수 없을 때는 몰래 숨어 흐느껴 울기도 했다.

녀석이 나 같은 나이 많은 부모를 둔 반면에 난 그 반대였다. 내 부모는 젊어서 나를 낳았다. 내가 이 세상에 태어나 한 살이 되었을 때, 내 부모는 나보다 스무 살이 많았으니, 한마디로 '애들이 애를 낳은 셈'이었다. 갓 스물 넘은 철부지들이 성탄 전야 미팅에서 눈이 맞아 나를 가졌고, 내가 태어날 때 즈음, 둘은 당신의 부모가 숨겨놓은 돈을 훔쳐 집을 나와 말죽거리 허름한 판잣집을 얻어 살림을 차렸다. 이렇듯 대책 없이 태어난 나의 성장이 순탄할 리 없었다. 싸우고 헤어졌다 다시 만나기를 반복하는 어린 부모 덕분에 내 유년의 기억은 거의 할머니와 함께였다. 그래서일까. 난 일찍부터 부모 중 누군가는 없는 결핍을 늘 경험했고, 그 부재감과 채울 수 없는 그리움에 내 눈은 마를 날이 없었다. 그렇다, 난 소싯적 소문난 울보였다.

초등학교 2학년 때인가 보다. 어느 봄날 음악시간에 '섬집 아기'를 배웠다. 엄마가 아빠와 싸우고 집을 나간 지 몇 달째였다. 나는 엄마가 그리워서 애들한테 들킬까 울음을 먹으면서 이 노래를 불렀다.

엄마가 섬그늘에
굴 따러 가면
아기가 혼자 남아
집을 보다가
바다가 불러 주는 자장노래에
팔 베고 스르르르 잠이 듭니다

아기는 잠을 곤히
자고 있지만

갈매기 울음소리

맘이 설레어

다 못 찬 굴 바구니 머리에 이고

엄마는 모랫길을 달려옵니다

생각해 보면 초등학교 시절 내내 어버이날, 엄마 아빠 생일, 운동회, 소풍 등 부모가 꼭 있어줘야 할 날, 둘 중 한 명은 없거나 아예 둘 모두 없었던 것 같다. 그때마다 나는 무척 슬펐고 슬픈 만큼 울었다.

　그래서일까. 녀석이 태어나자 나는 내 부모를 반면교사 삼아 되도록 녀석에게는 부재(不在)를 느끼지 않게 하고 싶었다. 녀석이 장난감을 가지고 놀든, 화장실을 가든, 무엇을 사든, '아빠~' 하고 나를 찾을 이유가 없도록 거의 강박적으로 녀석의 가시거리에 있으려고 노력했다. 때론 그게 날 무척 지치고 힘들게 했지만, 그래서 어린 녀석에게 이유 없이 짜증도 내고 화도 냈지만, 어찌 되었든 녀석의 시야 안에는 늘 내가 함께했다. 하지만 이젠 어쩌면 녀석의 시야에 내가 없을지도 모른다는 생각이 들면 내 어린 시절의 슬픔보다 더 슬펐다. 그 사무치는 슬픔을 알아서다. 부모는 자식에게 늘 부족한 존재인가 보다.

여기서 멈추면 안 돼,
안 되고 말고

'아, 어떻게 하지?'

나도 모르게 하루에도 몇 번이나 이 말이 튀어나왔다. 저 멀리 폭포를 앞둔 강 하류의 유속처럼 수술을 앞둔 시간은 점점 빨라져갔고, 그만큼 난 초조해졌다. 스피노자가 세상이 멸망하더라도 한 그루의 나무를 심었듯이, 나도 만약을 대비해 가족을 위해 뭔가 해야 할 것 같은데, 그 뭔가가 딱히 떠오르지 않았다. 답답하고 초조했다.

수술을 일주일 정도 앞둔 날 밤, 잠이 오지 않아 우두커니 거실에 홀로 앉아 있는데 문득 책 제목 하나가 머릿속을 쓰윽하고 흘렀다. 뭔가 홀린 듯 서재로 가서 한참 만에 찾아냈다. 먼지를 걷어내고 표지를 넘겨 기록을 보니 10년 전에 읽은 책, 랜디 포시의 〈마지막 강의〉(살림)였다.

미국의 카네기멜론 대학의 컴퓨터공학 교수로 있던 랜디 포시는 치료가 가장 어렵다는 췌장암에 걸려 길어봐야 6개월 정도밖에 살 수 없다는 '시한부 선고'를 받았다. 그는 남겨진 시간 동안 무엇을 해야 가장 잘 사는 걸까 고민하다가 제자들에게 살아가면서 겪게 될 장애물을 헤쳐나가는 법을, 그리고 삶의 나침반이 될 수 있는 말을 들려주기 위해 '마지막 강의'를 기획한다. 하지만 랜디 포시의 진짜 목적은 어린 세 자녀의 아빠이기도 한 그가 자신의 아이들이 더 자란 후에 분명 한 번쯤은 아버지란 존재에 대해 '나의 아버지는 누구였을까, 어떤 사람이었을까?' 궁금해할 때 자신의 존재를 알려주고 싶어서였다.

생을 마감하면서 자신의 과거를 뒤돌아봤을 때 소중하지 않은 것이 없겠지만, 그는 자신의 아이들과 제자들에게 꼭 남겨주고 싶은 이야기를 전하기 위해 정말 소중했던 '고갱이'만을 골라 '당신의 어릴 적 꿈을 진짜로 이루기Achieving Your Childhood Dreams'라는 제목으로 한 시간짜리 강의를 시작한다. 유머와 교훈이 잘 버무려진 '마지막 강의'는 당시 유튜브youtube를 통해 조회 누적수 1,000만 건을 기록하는가 하면 구글 인기 검색어 1위에 오르는 등 큰 반향을 일으켰고, 그 강의를 담은 책이 〈마지막 강의〉다.

책에서 저자는 시간의 중요함을 잊은 이들에게 "시간은 당신이 가진 전부다. 그리고 당신은 언젠가, 생각보다 시간이 얼마 남지 않았다는 것을 알게 될 것"이라고 말했다.

이 책의 앞장을 살펴보니 내가 2008년 6월 20일에 한 번 읽고, 28일에 다시 읽었다고 메모가 되어 있었다. 블로그를 살펴보니 리뷰도 따로 썼는데, 리뷰를 잠시 읽다가 어느 대목에서 깜짝 놀라 눈길이 멈춰버렸다.

"미래의 어느 날 의사가 내게 '당신은 이러이러한 병으로 얼마 살지 못한다.'라고 말한다면 난 어떻게 생의 마감을 준비할까? 나도 랜디 포시처럼 생을 마감하는 마지막 순간까지 가족과 함께 보내고 싶다. 그리고 내가 그들을 얼마나 사랑하는지를 말할 것이다. 또 내가 아는 모든 이들에게도 못다 한 나의 애정을 전하고, 오해가 있다면 이해와 용서를 구하고 싶다.

생각이 여기까지 미치니 어쩌면 꼭 병이 걸린 후에 '시한부 인생'을 살란 법은 없다. 난 어차피 죽는다. 그렇다면 지금도 시한부 인생을 사는 셈이다. 이런, 이제부터 내가 죽는 날까지 만나는 매일을, 오늘의 순간마다 후회 없고 미련 없이 보내야겠다. 쇠털같이 많은 것 같고 풍선껌처럼 원하는 대로 길게 늘어지던 시간도 유한함을 깨닫는 순간부터는 늘 부족하다고 느껴지는 게 시간이기 때문이다."

이 책을 다시 읽기 전, 나는 거실에서 홀로, 어쩌면 나의 부재시 아들 녀석의 미래를 걱정하고, 그런 녀석을 위해 난 무엇을 할까 고민하고 있었다. 하지만 10년 전에 내가 쓴 〈마지막 강의〉의 리뷰를 읽고서 당장 내가 해야 할 일을 찾았다. 바로 녀석과 지금껏 함께한 순간의 기록들을 정리하는 일이었다.

내게는 아들 녀석에게 부재감을 주지 않으려는 강박 외에 또 다른 강박이 있었다. 그것은 바로 사진 찍기, 녀석과 함께하는 매 순간을 기록하고 싶어서 사진을 찍었다. 디지털카메라와 휴대폰 덕분에 이 강박은 비교적 해결하기 쉬운 편이었다. 아들 녀석이 이 세상에 태어나기 전, 초음파로 보이는 엄마 뱃속에서 콩알만 한 때의 모습부터 최근까지 거의 모든 것을 기록해 저장했다. 내가 어디만 가면 하도 사진을 찍어대자 아들 녀석은 언젠가부터 사진을 그만 찍으라며 투정을 부렸는데, '인마, 난 뭐 하고 싶어 하는 줄 알아? 나중에 너 보라고 찍는 거야.' 하는 마음에 개의치 않고 셔터를 눌러 그 순간들을 카메라에 담았다. 그리고 폴더에 날짜와 장소별로 정리해 놓았다.

거기까지 생각이 미치자 난 사용하지 않는 오래된 휴대폰, 아이패드, 고프로, 디지털카메라 등에 담긴 사진들을 죄다 긁

어모아 새로 구입한 1테라바이트짜리 외장 하드에 모두 담아 두었다가 아들과 아내가 잠든 깊은 밤에 홀로 주방 테이블에 앉아 시간, 장소별로 찾기 쉽게 정리했다. 한 장 한 장 정리하면서 '아, 그때 여기 갔었구나. 이때는 그랬구나.' 하고 아들과 함께했던 시간을 더듬었다. 지나간 순간의 기억이 담긴 사진 속에는 그때의 온도와 냄새마저 떠오르는 듯했다. 아들과 아내의 웃음소리도 함께. 며칠 동안의 은밀한 사진 정리는 가족과 나를 정리하는 조용하고 소중한 작별의 순간들이었다.

사진을 정리하면서 아들과 함께한 매 순간 난 한 발자국 뒤에 있었다는 사실을 알아챘다. 물론이다, 그렇지 않으면 사진을 못 찍을 테니까. 하지만 '녀석으로부터 한 발자국 멀리 떨어져 있기.' 그건 내가 아빠로서 녀석에게 있고 싶은 거리이기도 했다. 마치 '아들아, 난 널 믿는다. 그래서 앞서서 널 이끌기보다는 한 발 뒤에서 지켜보고 싶구나. 네가 항상 옳은 길을 가진 않겠지만, 그 거리에서 늘 너를 응원하고 싶구나.'라고 말하듯 뒤에 서고 싶었다. 랜디 포시도 책에서 이와 비슷한 말을 했다. 아빠의 마음은 같은가 보다.

내 생각에 부모의 임무란, 아이들이 일생 동안 즐겁게 할 수 있는 일을 찾고 그 꿈을 열정적으로 좇을 수 있도록 격려해 주는 것이다.

그러므로 아이들을 향한 나의 꿈은 매우 확실하다. 나는 아이들이 꿈의 성취로 가는 자기만의 길을 발견하기를 원한다. 그리고 나는 여기에 없을 것이므로, 한 가지 분명히 해두고 싶다. 얘들아, 아버지가 너희들이 무엇이 되길 바랐는지 알려고 하지 마라. 나는 너희들이 되고 싶은 것이면 그게 무엇이든, 바로 그것을 이루기를 바랄 뿐이다.

(마지막 강의, 270쪽)

수술하기 이틀 전 비로소 사진 정리를 모두 마쳤다. 세 명의 가족이 국내외를 다니며 함께한 모든 시간들을 영화를 보듯 사진을 정리하는 순간은, 내게 정말 감사한 시간이었다. 아내와 아들을 위해 뭔가(아니, 나를) 남겼다는 생각에 울컥해서 오랫동안 울었다.

얼마나 지났을까. 한참을 울다가 소스라치듯 놀라며 깨어났다. 죽음을 예감하고 사진을 정리하며 삶과 주변을 정리했는데, 그래서 더이상 미련 없을 것 같았는데…. 웬 걸, '이 좋은 삶을, 내가 왜 멈춰야 해?'라는 생각에 갑자기 화가 났다. 그리고 오기가 생겼다. 그리고 난, 다짐했다. '여기서 멈추면 안 돼. 안 되고 말고. 수술 잘 받아서 살자, 기필코 살아내자.'

영단어로 환자 patient의 뜻 중 하나는 '불평 없이 곤경을 견디는 자'라고 한다. 인간이라는 동물이 남의 '아픔'에 얼마나 무덤덤한지는, 환자가 되어보면 새삼 알게 된다. 환자인 나의 고통을 십분 이해해 줄 타인은 애초에 없으니 아예 기대하지 말아야 한다. 환자가 되면 불평하지 않고 끙끙거리며 곤경을 견디는 건 바로 그 때문이다.

폴 칼라니티, 이종인 옮김, 〈숨결이 바람 될 때〉, 흐름출판, 2016
36세의 신경외과 의사인 저자가 어느 날 폐암 말기 판정을 받고 죽음
을 마주하게 된 후 2년을 담고 있다. 암환자와 의사를 동시에 경험한
저자의 진심을 엿볼 수 있다.

랜디 포시, 제프리 채슬로, 심은우 옮김, 〈마지막 강의〉, 살림, 2008
나도 랜디 포시처럼 생을 마감하는 마지막 순간까지 가족과 함께 보
내고 싶다. 그리고 내가 그들을 얼마나 사랑하는지를 말할 것이다.

입원

입원실에 걸린
다모클레스의 검

내 몸에 자리 잡고 있는 종양의 이름은 대장암 3기, 대장은 물론 대장 주위 림프절에 전이되어 다른 장기에 종양이 퍼질지도 모를 위험한 상태를 말한다. 대표적인 치료방법은 절제 수술과 더불어 재발과 전이를 막고 미처 제거하지 못한 미세 암세포를 사멸시키는 항암치료가 있다. 만약 수술을 하지 않고 버틴다면 암세포가 전신으로 전이되어 머지않아 대장암 4기가 되고, 몇 개월의 시한부 인생을 살다 죽는다.

지금의 내 상태는 당장 수술을 한다 해도 생존율은 60%, 한마디로 잘하면 살고, 아차 하면 죽을지도 모른단다. 그것 참. 난 소름 끼치고 기분 나쁜 이 암덩어리를 한시라도 빨리 도려내고 싶었다. 하지만 이 세상에는 암환자가 너무 많았다. 내 수술 차례가 되려면 족히 3주는 더 기다려야 했다.

내가 서두르는 기운이 역력하자 "정 급하시면 다른 의사를 소개해 드릴게요."라고 담당의사가 말했지만, 부산에서 제일 가는 베테랑 의사의 손길을 포기할 수는 없었다. 다만 3주 동안 암덩어리는 얼마나 자라날까, 또 림프절에 전이된 미세 암세포는 다른 장기에 빠른 속도로 퍼지는 건 아닐까 하고 걱정하는 마음은 마치 사지가 묶인 내 몸뚱아리에 송충이가 어깨에서 목을 향해 스멀스멀 기어오는 것을 내려다보는 기분이었다.

암 진단 후 아들 녀석을 볼 때마다 안쓰러웠고, 아내에게는 미안하기 그지없었다. 나를 대신해 가계를 이끌어 가는 아내에게 늘 미안했다. 함께 사는 동안 미안한 마음이 들 때마다 "함께할 날이 쇠털같이 많은데 뭐, 기다려, 청계천에 배 들어오면 내가 호강시켜 줄게." 하며 큰소리만 쳤다. 그런데 수술을 앞둔 지금은 어떤 노랫말처럼 못난 나를 만나 고생만 했는데, 해주고 싶은 것이 너무나 많은데, 아내에게 내 마음을 제대로 표현하지 못한 것들이 몹시 후회됐다. 무슨 말이라도 하고 싶었지만 정작 아내를 보면 단 한마디도 입 밖으로 꺼내지 못했다.

불교에는 애별리고(愛別離苦)라고 해서 사랑하는 사람과 헤어지는 괴로움이 인생의 8대 고통 중 하나라고 했다. 서로에 대한 사랑이 깊을수록 이별의 괴로움은 더욱 고통스러울 법한데, 오히려 난 담담하게 아내를 대했다. 내가 그렇게 한 건 맘속에 있는 말을 한마디라도 꺼내는 순간 아내 앞에서 한없이 무너질 것 같아서, 그런 때가 오면 나 자신을 감당하지 못할까봐 두려워서였다.

깊은 밤은 내 오랜 친구였다. 아프기 전에는 아내와 아들이 잠이 든 깊은 밤이 되면 두세 시간은 책을 읽고, 글을 쓰고, 공상하는 온전한 내 시간이었다. 하지만 암환자가 되고 난 뒤 맞이하는 밤은 하루 중 가장 괴로운 시간이었다. 아무것도 생각할 수 없고, 손에 잡히지도 않는, 잠조차 오지 않는 시간이었다. 더이상 밤은 친구가 되지 못했다.

그래서 술이라는 새로운 친구를 밤과 동석시켰다. 수술을 앞두고 무슨 술인가 싶겠지만, 오늘 마신 술로 암덩어리가 조금 더 커진다 한들 어차피 잘라낼 거, 얼마나 커지든 무슨 상관인가, 뒤척이며 날을 새는 맨정신보다 낫지 않은가 하는 마음이 앞섰다. 술로 마음을 다스리지 않는다면 수술할 때까지 아무 일 없다는 듯 아침을 맞이할 수 없을 것 같았다.

의사인 지인은 내 발병 사실을 듣고 "형, 안 된 말이지만 느닷없이 병에 걸린 것처럼 억울해하진 마슈. 따지고 보면 암은 형이 지금껏 살아온 스트레스의 총합이니까."라고 말했다. 구

구절절 맞는 말이다. 돌이켜보건대 더 일찍 내게 암이 발병했다고 해도 하나도 이상하지 않을 정도로 난, 마음에 들지 않는 모든 것에 투덜거리고 스트레스를 받아가며 하루하루를 버티듯 살았다. 수술 후 다시 살아난다면 모두 되돌리듯 잘 살 거라고 거듭해서 맹세했다. 어제 마신 술과 밤새 흘린 눈물에 퉁퉁 부어오른 내 모습을, 아내는 아침마다 보면서도 애써 모른 체했다. 그게 또 고마웠다.

입원하는 날 아침, 유독 일찍 눈을 떴다. 많이 긴장한 때문이다. 인기척에 곧 아내도 깼다. 둘은 서로를 한참 동안 바라봤다. 그리고 누가 먼저랄 것 없이 마치 눈먼 불륜의 남녀처럼 '어쩌면 이번이 마지막일지 모르는 뜨거운 사랑'을 나눴다. 나는 아내를 가슴 깊숙이 안았다.

병원은 아픈 사람으로 가득했다. 병원의 알코올 냄새가 훅~ 느껴지자 '아, 내가 이제 진짜 환자구나.' 하는 생각에 갑자기 우울해졌다. 환자의 입원생활은 지극히 단순했다. 하루 종일 병상에 누워 주사 맞고, 밥 세끼를 챙겨먹고 트림하고 나면 다시 잠잘 시간, 불 끄고 누워야 한다. 하루 종일 병실에 누워 있다 보면 만나는 얼굴도 몇 명밖에 없다. 양옆에는 나보다 더 아픈 환자가 서로 마주보고 있고, 간간이 그들의 가족들이 앉았다 일어섰다를 반복한다. 의사는 하루 두 번, 세 명의 간호사는 잊을 만하면 번갈아서 나타난다. 멀쩡한 사람도 몇 시간 지나면 아플 것 같은 공간, 그곳이 병실이다. 지리멸렬한 환자의 하루 중에 가장 중요한 순간은 의사의 회진이다. 환자는 의사의 회진을 고대하며 하루를 산다고 해도 과언이 아니다.

딱히 할 일도 없는 병실에서 가장 만만한 게 책이다. 그렇다고 환자복을 입고 책을 읽으려고 하니 우울함 때문인지 읽고 싶은 책도 딱히 없다. 환자에게 자기계발서는 생뚱맞고, 경제 경영서는 뜬금없다. 게다가 소설은 지금의 내게는 너무 작위적이다. 무엇을 읽을까 궁싯대다 입원하면서 가방에 구겨넣듯 급하게 몇 권 챙겨 온 책 중에 〈병상잡기〉의 책등이 슬쩍 보였다. 지금 분위기에 더할 나위 없이 어울릴 것 같았다. 책을 펼치자마자 중국에서 '국민 스승'으로 불리는 큰지식인 지셴린 선생을 병실 친구로 모신 듯했다.

이 책은 2001년 91세의 나이에 병원에 입원한 지셴린 선생이 2009년 세상을 떠나기 전까지 병상에서 쓴 수십 편의 에세이가 담긴 책인데, 그가 일생 동안 공부하며 고민해 온 인간과 인생에 대한 깨달음에 관한 글로 가득하다.

커다란 격랑 속에서도
기뻐하거나 두려워하지 말게나.

해야 할 일을 다 했으니
더는 걱정하지 마시게.

도연명의 시 〈신석神釋〉의 마지막을 장식하는 이 구절은 지셴린 선생의 좌우명이기도 하다. '슬픔도 고통도 한순간, 모든 것은 다 지나간다.'는 뜻이다. 죽고 사는 일은 인간의 몫이 아니기에 깊게 고민할 필요가 없다고 말하는 것 같다. 지셴린 선생은 입원했던 한때 오래 살고 싶다는 욕망에 생명 연장에 연연했던 적도 있었다고 한다. 하지만 그는 곧 삶에 대한 애착은 내일이 아니라 '살아 있는 오늘'에 쏟아야 함을 깨달았다. 그리고 '길든 짧든 단 한 번뿐인 삶을 헛되이 보내지 말자.'고 다짐했다. 가장 인상적인 대목은 '투병 끝에 얻은 것'이란 글이었다. 연로한 나이 탓에 입퇴원을 반복한 선생은 환자로서 자신의 삶에 대해 이렇게 말했다.

머리 위에 다모클레스Damocles의 검이 언제라도 떨어질 듯 아슬아슬하게 걸려 있는 기분이다. 사실 누구나 태어나면서부터 머리 위에 다모클레스의 검을 걸고 산다. 황천길은 나이 순서대로 가는 게 아니라고 하지 않는가. 단지 우리가 그것을 느끼지 못할 뿐이다. 난 이번에 운 좋게 살아난 것이며, 이 행운은 내게

결코 방심하지 말고 살라는 교훈을 주었다. 이것이 바로 재앙 뒤
에 찾아온 복이 아닐까?

(병상잡기, 214쪽)

이 대목을 읽으며 나는 '옳거니' 하고 무릎을 쳤다. 마치 나
를 위해 준비한 말씀 같았다. 수술을 앞둔 환자에게 이 책보다
나은 병실 친구가 또 어디 있을까 싶었다. 병원에 입원한 건
죽자고 온 게 아니라 살자고 나 스스로 찾아 들어온 것이다.
그런데 단 며칠의 병원생활을 우울해할 건 뭐고, 힘들어할 이
유는 또 뭔가. 생각을 고쳐먹으니 마음이 조금 편안해졌다.
　지셴린 선생의 전작 〈다 지나간다〉와 〈인생〉에서 만난 선
생 특유의 소탈한 화법과 글 속에 숨겨진 잔잔한 해학은 〈병
상잡기〉에서도 유감없이 발휘된다. '노인은 살아 있는 도서관'
이라 했던가. 책 속에서 만나는 문장의 유려함은 '정말 100세
의 환자 노인이 쓴 글이 맞나?' 싶을 정도였다. 입원 후 수술을
앞두고 거듭된 검사와 금식으로 며칠 만에 5킬로그램이 더 빠
졌다. 기운은 없고 머리는 하루 종일 어질어질했다. 몸은 죽겠
다는데 정신은 점점 또렷해졌다. 살아야겠다는 생각으로 가득
채워졌다. 〈병상잡기〉 덕분이다.

수술대에 눕다

지금은 새벽 두 시, 여섯 시간 뒤면 대장암 절제 수술을 받는
다. 이틀 동안 본격적인 금식을 한 탓에 내 몸무게는 입원할
때보다 11킬로그램이 빠졌고, 뱃속은 '텅~' 소리가 날 만큼
비었다. 모든 영양과 수분은 수액으로 대신하는 탓에 입술과
혀는 가뭄 든 논바닥마냥 바짝 말라버렸다. 가끔씩 물 적신 수
건으로 입술을 닦을 때마다 물을 머금었다. 꿀맛이었다.

저녁 무렵 아내는 수술동의서에 서명하면서 의사로부터 수
술하는 동안 있을지 모를 최악의 상황과 부작용 등에 대해 장
시간 설명을 들었다. 병실로 돌아온 아내는 그간 참았던 울음
을 터뜨렸다. 전신마취 수술을 하는 만큼 내가 깨어나지 못할
지도 모른다는 의사의 말에 아내는 잔뜩 겁에 질려 있었다.

의사는 '만약'을 말했고 아내는 '현실'로 들었을 뿐, 악의는 없으리라. 수술을 망치려고 메스를 드는 의사는 없을 테니까. 난 아내의 어깨를 감싸며 "걱정하지 마, 괜찮을 거야."라는 말만 계속했다. 수술을 위해 일찍 잠을 청했지만, 눈을 감기만 하면 주마등같이 스치는 숱한 잡념들에 좀처럼 잠들지 못했다. 나는 끝내 밤을 하얗게 지새웠다.

깜빡 잠이 들었나 보다. 간호사가 "이제 수술하러 가야 해요, 환자분, 일어나세요."라며 나를 흔들어 깨웠다. 곧이어 의학드라마 속 한 장면처럼 난 이동식 침대에 누웠고 남자 간호사 둘이 앞뒤로 침대를 밀며 수술실로 향하는 엘리베이터로 이동했다. 동생은 잔뜩 긴장한 내 손을 잡아주었다. 유독 따뜻한 동생의 손은 땀에 젖어 있었다.

수술방 문이 열리고 나를 태운 이동식 침대만 홀로 미끄러졌다. 문이 닫히자 이빨이 덕덕거리는 한기가 온몸에 스며들었다. 날고기를 보관하는 냉동실을 열 때 드는 한기처럼 느껴졌다. 수술하는 동안 세균 번식을 막으려 수술실을 일부러 춥게 한다는 말을 들은 적이 있는데, '수술하기도 전에 내가 세균보다 먼저 얼어 죽겠구나.' 생각했다.

간호사가 내게 다가와 수술 중 혹시 있을지도 모를 발작에 대비해 손과 발을 묶어 고정시켰다. 보이는 건 천장뿐, 벌거벗

은 채 등 쪽이 터진 얇은 면포로 된 환자용 가운 하나만 걸친
나는, 스테인리스 수술판 위에서 사지가 묶여 오뉴월 개 떨듯
덜덜 떨고 있었다.

'그것 참, 내 생에 이런 영화 속 장면 같은 일도 겪는구나.'
하는 생각에 쓴웃음이 났다. 이놈의 인생은 정말이지 늘 기대
를 저버리지 않고 상상 이상의 일들이 벌어진다. 다음엔 또 어
떤 일이 나를 기다릴까. 그게 기대가 된다면 기필코 살아야한
다. 그리고 스스로에게 다짐했다. '아들아, 널 다시 만나기 위
해서라도 꼭 깨어날게!'

간호사가 산소마스크를 씌우며 말했다. "자, 이제부터 수술
이 시작될 거예요. 숨 크게 쉬면서 열을 거꾸로 셀게요." 횡격
막 깊숙이 숨을 들이키며 열부터 셌다. 다섯도 채 세지 못하고
암흑, 난 깊은 잠에 빠졌다.

두 시간 정도 예상했던 복강경을 통한 에스결장 절제 수술
은 한 시간가량 더 길어졌다. 전날 저녁 레지던트가 수술동의
서를 받으면서 수술 시간이 길어지면 예후가 좋지 않은 거라
며 겁을 줬던 터라(대장암 절제 수술에서 좋지 않은 예후는 장루腸瘻 -
인공항문을 다는 것이다.), 아내와 동생은 수술실 밖에서 몹시 애를
태웠다. 세 시간 정도 지나자 나는 마취에서 덜 깬 채 수술실
을 나왔다. 대장 주위에 전이된 림프절을 모두 제거하고 정리

하는 데 시간이 더 걸렸다고, 다행히 수술은 잘 끝나서 장루는 달지 않아도 된다고 했다. 수술방을 나온 나는, 눈도 뜨지 못한 채 아들의 이름을 계속해서 불렀다고 한다.

눈을 떴다. 초점은 안 맞지만, 희뿌연 형광등 불빛 속으로 어른거리는 그림자들이 보였고 웅얼거림이 들렸다. '아, 내가 살아났나 보다.' 하는 안도감에 다시 눈을 감았다. 그리고 다시 깊고 깊은 잠에 빠져들었다.

몇 시간이 더 지났을까. 깨어서 주위를 살펴보니 나는 병실로 돌아와 있었고 동생은 옆에서 졸고 있었다. 호흡을 위한 관과 수술 부위에서 나오는 피를 빼내는 관, 그리고 소변줄에 링거까지 족히 열 개는 넘는 관들이 온몸에 박혀 있었다. 수술로 산봉우리처럼 솟아오른 배는 천근만근 무거웠고, 뱃속은 수없이 맞은 주사의 부작용으로 심한 뱃멀미를 하듯 울렁거리고 불편했다. 수술 직후 맞은 무통주사로 전혀 의식하지 못했던 통증이 시간이 지나자 점점 심해져서 호흡할 때마다 전신이 욱신거렸다. 죽을 것 같지만 나는 분명 살아 있다. 아파서 잔뜩 인상을 찡그리면서도 나는 미소 짓고 있었다.

귀환 그리고
그리운 목소리

나란 인간은, 참으로 간사한 것 같다. 수술 전엔 수술이 잘 끝나서 눈을 뜨기만 한다면 설령 내가 평생 침실에 누워 살아야 한다고 해도 활짝 웃음 짓고 '여기가 천국이구나~'라고 말할 거라 다짐했던 게 솔직한 마음이었다. 그런데 수술 후 맞닥뜨린 현실은 전혀 달랐다. 눈뜨고 '아, 살았구나.' 안도하자 동시에 찾아온 수술 후 통증과 불편함에 당장 죽을 것 같았다.

한편 인생이 정말이지 한 편의 무대 같다는 생각이 들었다. 탄생의 입구를 통해 무대에 들어서서 수많은 배우들과 함께 소통하고 걷고 뛰고 왔다 갔다 하다가 이윽고 때가 되어 죽음의 출구로 나가면 막이 내리고 무대는 그것으로 끝이 난다. 그게 인생이다.

그렇다면 나의 연극무대를 한번 살펴보자. 내가 아는 몇몇은 나와 한창 무대를 뛰어다니던 중에 아쉽게도 먼저 무대를 떠났다. 그걸 잊고 다시 무대를 즐기다 보니 문득 '내가 출구로 나갈 때가 됐구나.' 싶었다. 슬픔을 안고 무대 위 놀던 사람들을 뒤로한 채 출구로 나왔다. 그런데 다시 나더러 무대로 나오라고 한다. 커튼콜. 비록 죽도록 아프지만 다시 무대 위에 섰다. 그렇다. 지금 난, 이 세상에 다시 태어난 셈이다.

내가 침대 위에서 조금씩 움직일 정도가 되자 막냇동생은 하던 일을 더이상 미룰 수 없어 서울로 돌아갔다. 아내는 일과 유치원에 다니는 아들의 육아를 도맡아 하느라 힘겨워하고 있었다. 아내는 나를 돌봐줄 간병인을 쓰자고 권했지만, 나는 이제 움직일 수 있으니 천천히 혼자 알아서 하겠다고 신경 쓰지 말라고 했다. 다시 태어난 인생인데 뭔들 못 할까 싶기도 하고, 무엇보다 다른 사람과 함께 있으면 신경이 쓰여서 싫었다. 비록 힘은 들겠지만, 지금 내겐 온전히 혼자 된 시간이 필요했다.

수술만 잘 끝나면 퇴원할 때까지 편하게 누워만 있을 줄 알았는데, 그건 심한 착각이었다. 수술은 끝이 아니라 시작이었다. 빠른 수술 회복을 위해서는 침대에 누워 있는 동안 끊임없이 복식호흡을 해야 하고, 수술하면서 건드렸던 장기들이 제

자리를 잡도록 두 시간마다 병원 복도를 열 바퀴씩 걸어야 했다. 몸에 링거줄을 주렁주렁 매단 채 어기적거리며 걷는 모습이 미국 드라마 〈워킹 데드〉 속 좀비와 꼭 닮았다.

무엇보다 큰 문제는 화장실이었다. 대변이 모이는 대장 끝이 하루아침에 잘려나갔으니 변이 모일 리 만무했다. 수술하면서 생긴 핏덩어리들이 계속해서 쏟아졌다. 수술 후 가스가 나올 때까지 아무것도 먹을 수가 없어서 변이 더 나올 것도 없는데 대사는 계속 진행되는 탓인지 수도 없이 화장실을 들락거렸다. 병실에 눕느니 차라리 변기에 하루 종일 앉아 있는 편이 나을 것도 같은데, 수술한 후에는 되도록 누워 있어야 한다며 오랫동안 앉아 있지도 못하게 했다.

계속된 피 설사에 항문은 이미 헐어서 잔뜩 성이 났다. 상처 투성이 항문을 진정시키기 위해서 하루에 세 번 이상 항문 좌욕도 해야 한다. 눕자마자 일어나 어기적거리며 화장실에 갔다가 볼일 보고 씻고 닦고 침대에 (끙끙대며) 다시 눕기를 하루 종일 반복했다. '이렇게 앓느니 차라리 죽는 게 더 낫겠다.'고 생각했다. 어느 신새벽 마지막 젖 먹던 힘까지 다 쏟아내 화장실을 다녀온 후 기진맥진하며 침대에 쓰러지듯 누웠을 때 "아이고~, 엄마"라는 말이 나도 모르게 튀어나왔다. 엄마, 실로 5년 만에 내 입에서 튀어나온 단어였다. 홀로 살다가 갑자기 돌

아가신 엄마, 지금 엄마가 살아 계셨다면 내가 이렇게 힘들지
는 않을 텐데….

'엄마… 엄마….' 어릴 적 힘들 때마다 엄마를 불렀던 것처
럼 여운이 가실 때까지 나지막이 불렀다. 감은 두 눈에 눈물이
흘러 귀를 적셨다. 지금, 엄마의 목소리가 너무나 그립다.

일시적 장애인,
암환자

수술 후 처음으로 병상에서 내려와 병실 바닥에 발을 내디뎠다. '내가 정말 살아났구나.' 하는 안도감이 온몸에 전율처럼 전해졌다. 세상도 다르게 느껴졌다. 정수기의 물맛도 예전과는 달랐고, 볼을 스치는 창문 틈 겨울바람도 새로웠다. 익숙했던 것들에 대한 생경함은 신비감마저 들었다. '고생 끝에 낙이 온다.'는 말은 틀림이 없었다.

정신과 의사이자 마흔세 살에 파킨슨병에 걸린 김혜남 선생은 계속 의사 생활을 했다. 그가 15년간 병을 앓으며 깨달은 것들을 잔잔하게 써내려간 책 〈오늘 내가 사는 게 재미있는 이유〉를 읽다 보면 이런 대목이 나온다.

남아프리카공화국 최초의 흑인 대통령이자 인권 운동가로 27년간을 감옥에서 보내야만 했던 넬슨 만델라가 말했다. "감옥에 다녀온 뒤로는 원할 때 산책할 수 있는 일, 가게에 가는 일, 신문을 사는 일, 말하거나 침묵할 수 있는 일 등 어떤 작은 일도 고맙게 생각했다."

나도 예전에는 감사할 게 이렇게 많은 줄 미처 몰랐다. 가진 것보다 가지지 못한 것에 대한 후회와 욕심으로 나를 다그치며 앞으로만 달려갔기 때문이다. 하지만 돌아보니 나는 참 가진 게 많은 사람이었다. 그리고 파킨슨병을 앓으면서 많은 것을 잃었다고만 생각했는데 지금도 나는 가진 게 많다. 그래서 감사한 일도 너무나 많다. 어쩌면 이 복잡한 세상에서 내가 별 사고 없이 살아온 것 자체가 감사하고 다행한 일 아닐까 싶다. 그러고 보면 기적이 별것 아니다. 하루하루 이렇게 살아가는 것이 기적일지도 모른다.

(오늘 내가 사는 게 재미있는 이유, 42~43쪽)

넬슨 만델라 대통령과 김혜남 선생이 느낀 '삶의 기쁨'이 무엇인지 지금의 난, 알 것만 같다. 수술 전 나를 지배했던 우울함과 슬픔은 진한 통증과 불편함, 그리고 약간의 안도감을 남겨두고 완전히 사라졌다. 건강할 때는 좀처럼 생각하지 않았던 기쁨, 환희, 즐거움, 행복 같은 단어들도 신기하게 수술 후 일상 속에서 불쑥불쑥 떠올랐다. 모든 것이 수술을 잘 받고 다시 깨어난 덕분이다(난 다시 살아나서라고 생각하지만). 정말 천만다행이다. 기분 좋은 순간을 만끽하고 싶어서 눈을 지그시 꼭 감았다. 큰 한숨과 함께 아주 옅은 미소가 번졌다. 잠시이긴 하지만, 많이 행복했다.

병상에 누워 배운 게 하나 있다면 받아들이기 힘든 현실은 빨리 인정하고 수용할수록 덜 힘들다는 것이다. 이를테면 내가 대장암이었던 게 차라리 다행이다 싶다. 만약 내가 입과 소화기에 생기는 설암이나 후두암에 걸렸다면 이 병에 걸린 환자에게는 미안하지만 '없어서 못 먹고 안 줘서 못 먹는' 먹성 좋은 내게는 대장암보다 더 힘들고 끔찍한 형벌이었을 것이다. 어디 그뿐인가. 머릿속 깊숙한 곳에 종양이 생겨 읽지 못하거나 읽어도 기억하지 못하거나 생각하지 못한다면, 책벌레에 글쟁이인 내게는 그 자체가 지옥일 것이다. 그랬다면 지금처럼 글조차 쓰지 못했을 것이다.

수술 후 첫 주말이 되자 지인들이 하나둘씩 병문안을 왔다. 교통여건이 좋지 않은 부산의 연말 저녁은 운전자에게 최악의 시간이다. 게다가 메르스 사태 이후로는 입원환자의 면회가 여간 까다로운 게 아니라서 면회할 수 있는 시간도 주말엔 오후 6시부터 8시까지 달랑 두 시간뿐이다.

금쪽같은 주말 저녁시간에 교통지옥을 뚫고 꾸역꾸역 와주었다. 심지어 어린아이까지 데리고 아픈 나를 보겠다고 찾아온 사람들에게 나는 당연히 감동하고 고마워해야 마땅하다. 마음은 그랬다. 그런데 바깥세상의 차디찬 냉기를 품은 멋들어진 코트와 도톰한 파커를 입은 지인들을 보자, 나조차 당황스럽게도 내 심사는 '확~' 틀어져버렸다.

지인들이 양손에 바리바리 들고 온 과일과 음료, 그리고 꽃다발을 보고 나는 "에휴, 난 먹지도 못하는데 뭘 이리 들고 왔어? 꽃은 여기 놔두면 금방 시들 텐데…." 이렇게 심드렁한 말을 툭 내뱉고 말았다. 이 말을 들은 몇몇 지인의 뜨악해하는 표정이 보였지만 나는 애써 무시했다. 게다가 한 동생이 내 손을 잡으며 "그나마 다행이에요, 형. 이보다 더 큰일을 겪으면 어쩔 뻔했어요. 다행인 줄 알고 얼른 몸도 마음도 추슬러요." 하고 나를 위로했을 때는 "그럼, 그래야지." 하고 대답했다. 하지만 그 말에 빈정이 상해버린 나는 그 자식과 눈도 마주치기 싫어서 고개를 홱 돌리고 갈 때까지 보지 않았다.

사실, '그나마 다행'이란 말은 내가 암이 생긴 후 스스로에게 가장 많이 했던 말이다. 누군가 나와 똑같은 상황을 겪고 있었다면 나 역시 같은 말로 위로했을 것이다. 엄연히 중병에 걸린 환자를 두고 딱히 해줄 말이 뭐가 있겠는가. 머리로는 십분 이해를 한다. 하지만 정작 다른 사람으로부터 '그나마 다행'이라는 말을 들으니 그리 곱게 들리지 않았다. 그러면 안 되는데, 그걸 아는데, 왜 그런지 이유를 나도 모르겠다.

　지인들은 이십 분이 채 되지 않아서 집으로 돌아가는 길도 차가 많이 막힐 거라며 서둘러 떠났다. 내내 심드렁한 표정으로 툴툴거리는 내가 부담스러웠던 때문일 것이다. 한 무리가 떠나고 또다시 홀로 남겨지자, 나는 침대에 옆으로 누워 신생아처럼 다리를 구부려 움츠렸다. '멍청아, 뭐 꼭 이럴 것까지는 없었잖아….' 하고 자책하면서.

　발병 사실을 알고 극히 일부를 제외하고 내 주위에 이 사실을 알리지 않았다. 좋은 일도 아닐뿐더러 내 마음을 정리하기도 전에 "어휴 정말 큰일이네? 그래, 상태가 어떤데? 몇 기래?" 같은 어설픈 위로 따위의 말을 듣기 싫어서였다. 설령 내가 그들의 질문에 자세히 설명해 본들 무슨 의미가 있을까. 어차피 그들은 내게 큰 관심도 없을 테니 건성으로 묻고 귓등으로 들을 뿐인데 하는 마음에서였다.

　언젠가 나중에 나를 아는 다른 사람과 만난다면 내 얘기를 이렇게 하겠지. "걔 말이야, 암에 걸렸다더니 지금은 어떻대? 수술은 잘 됐대? 그렇구나. 살았으면 됐지, 뭐." 설령 내가 수술 중에 죽었다고 해도 이 대화 범위에서 크게 벗어나진 않을 것이다. 어차피 그들에게 난 1분짜리 가십거리에 지나지 않으니까.

그러다 문득 내가 이렇듯 꽈배기처럼 심사가 뒤틀린 이유를 알 것 같았다. '아프다는 걸 보이기 싫은 건 어쩌면 동물적 본능이다.'란 말이 떠올랐다. 사자와 호랑이 같은 고양잇과 동물은 상처를 입거나 아프면 안 그런 척 애써 숨기려는 본능이 있다. 이유는 단 하나, 도태될까 봐. 무리 중 하나가 몹시 아프면 함께 있어봐야 좋을 게 없기에 물어 죽이거나 혼자 내버려두고 떠난다. 집에서 키우는 고양이도 몸이 아프거나 병이 나면 갑자기 어두운 곳을 찾거나 장롱 뒤에 숨거나 위에서 내려오지 않는다. 그래서 나중에 주인이 알게 되었을 때까지 병을 키우기도 한다.

작가 김정운도 〈가끔은 격하게 외로워야 한다〉에서 '상처 난 동물의 자발적 외로움'에 대해 이렇게 말했다.

동물들은 상처가 생기면 병이 나을 때까지 꼼짝 안 합니다. 상처 난 곳을 그저 끝없이 핥으며 웅크리고 있습니다. 먹지도 않고, 그냥 가만히 있습니다. 상처가 아물면 그때서야 엉금엉금 기어 나옵니다. 그 하찮은 동물도 몸에 작은 상처가 생기면 그렇게 끝없이 외로운 시간을 보냅니다.

(가끔은 격하게 외로워야 한다, 7쪽)

경우는 다르지만 나도 고양이의 위기의식과 비슷한 생각을 했던 것 같다. 멀쩡하던 내가 졸지에 환자가 되어 시공간적으로 격리된 병원에 누워 있다 보니 무리에서 떨어진 것에 대한 부담과 두려움으로 누군가에게 노출되기를 기피하는 것은 아닐까. 입원 후 생긴 작은 소원이 얼른 나아서 아무렇지 않은 듯 내가 있던 무리 속으로 스며들어 아프기 이전의 나로 되돌리는 것인데, 이 역시 환자라는 '나약한 존재'에 대한 현실 부정이 아닐까.

눈을 감아야
비로소 보이는 행복

나는 살아오면서 어려움을 만날 때면 예의 책을 찾았다. 어른
이 된 후 사회를 몸으로 겪으며 상처 받고 아플 때마다 내게
시의적절한 충고와 조언을 해준 윗사람이 딱히 없었기 때문
이다. 그 점에서 책은 내게 선배이자 선생님이고, 독서는 선배
와 선생님을 만나는 자리였던 셈이다.

물론 책을 펼쳐 읽는다고 해서 그 속에 내가 당장 해결하고
싶은 문제와 고민에 대한 답이 바로바로 들어 있지는 않다. 설
령 내가 책 속에서 답을 찾았다고 하더라도 사칙연산처럼 똑
떨어지는 정답도 있을 리 만무하다. 하지만 그저 넋을 놓고 책
에 몰입해 읽다 보면 어느 한 문장에서, 어느 한 단어에서 신
기하게도 내가 찾던 답의 실마리를 만난다. 게다가 답은 책을

읽을 때뿐 아니라 책을 읽은 몇 시간 후 걷다가, 샤워를 하다가, 막 잠자리에 들다가 머릿속에 '쓱~' 하고 떠오른다.

그런 맥락에서 생각해 보면 내가 품은 고민의 답은 책 속에 있다기보다는 내 속에 이미 존재하고 있었던 건지도 모른다. 단지 독서를 통해 만난 수많은 문장과 단어 속에 문제해결의 실마리가 있었고, 그 실마리가 키워드가 되어 무의식의 저 끝에 숨어 있던 결정적인 해답을 끄집어내는 마중물 역할을 했을 뿐이다. 장년을 바라보는 이 나이를 먹고도 손에서 책을 떼어놓을 수 없는 이유는, 바로 이 때문이다.

나의 나이와 처지, 그리고 환경이 바뀌면 읽어야 할 책도 변한다. 예를 들어 1980년 '내란음모 혐의'로 사형선고를 받은 김대중 전 대통령이 죽음을 기다리며 읽은 단 한 권의 책은 〈성경〉이었다. 죽음의 문턱에 선 그가 의지할 대상은 하느님밖에 없었다. 하지만 곧 재판에서 무기징역과 징역 20년으로 연이어 감형이 결정되자, 그는 성경 읽기를 그만두고 러시아 소설을 시작으로 사회, 철학, 경제, 통일 등 다른 분야의 책을 닥치는 대로 읽었다. 언젠가 출소해 세상에 나갈 준비를 한 것이다.

나는 지금 병상에서 그런 책을 찾고 있다. 고민을 풀어내고 싶어서다. 내 고민은 다름이 아니라 '암환자'라는 '일시적 장애인'으로 살아야 하는 처지가 비관스럽기 때문이다. 암환자는 소득세법상 장애인에 해당된다. 무사히 수술을 마친 내게 필요한 건 앞으로 다가올 현실과 미래를 스스로 납득하고 받아들이는 것임을 잘 안다. 하지만 재발 가능성에 대한 걱정과 다시는 예전의 건강한 모습으로 돌아갈 수 없다는 좌절감에 나는 심하게 우울감을 느끼고 있었다. 선배가 필요했다. 평범하지 않은, 그리고 나보다 더 좋지 않은 상태에서도 잘 살아가는 그런 선배. 궁즉통이라 했던가. 의미심장한 제목의 책 한 권이 눈에 들어왔다. '월가 시각장애인 애널리스트가 전하는 일상의 기적'이라는 부제가 달린 〈눈 감으면 보이는 것들〉(판미동)은 내가 찾던, 그런 선배 같은 책이었다.

1967년에 태어나 아홉 살까지 세상을 눈에 담으며 평범하게 살던 소년 신순규는 어느 날 녹내장과 망막박리로 시력을 완전히 잃어버렸다. 하지만 소년은 시력을 잃은 후 훨씬 더 많은 시간과 노력을 기울여 일반인도 어렵다는 하버드와 MIT를 졸업하고, 세계 최초의 시각장애인 공인 재무분석사(CFA)가 되었다. 이후 세계 최고의 엘리트들이 모이는 JP모건과 브라운 브라더스 해리먼에서 20년 넘게 베테랑 애널리스트로 활동하고 있다.

이 책은 시각장애인 신순규가 '앞이 보이지 않는 현실'에서 자신 앞에 놓인 현실의 수많은 장애물을 도전으로 여기고 이를 이겨낸 이야기를 3년간 점자 컴퓨터를 이용해서 쓴 것이다. 나는 저자의 화려한 성공보다는 눈에 보였던 세상을 이제 눈 감은 채 살아야 했던 자신을 극복하는 과정이 무척이나 궁금했다.

매일 잠에서 깨는 순간부터 저자는 암흑 속에서 고독한 전투를 치렀다. 그가 살고 있는 북뉴저지의 작은 도시 페어론에서 직장이 있는 뉴욕 남단에 있는 월가까지 출근을 하려면 6시 30분에 통근 기차를 타야 했다. 정상인들도 힘든 출근을 위해 그는 새벽 4시에 깼다. 기차를 두 번 갈아타고 서울역과 같은 뉴욕의 펜 스테이션에 도착하면 그때부터 시각을 제외한 오감으로 본격적인 출근을 해야 했다.

나는 사람들이 오고 가는 패턴의 소리, 역 바닥의 느낌(매끄러운지 거친지), 주위 식품점에서 나는 냄새 등으로 현재의 내 위치를 파악한다. 특히 '크리스피 크림' 가게의 도넛 냄새가 나면, 그 건너편에 있는 층계로 다시 내려가야 지하철을 탈 수 있다. 또 계란과 양파를 굽는 냄새가 나면, 바로 오른쪽으로 돌아서 동쪽으로 역을 가로질러 가야 내가 원하는 지하철을 탈 수 있다.

(눈 감으면 보이는 것들, 25쪽)

그는 시각장애인이 길을 걸어 다닐 때 쓰는 흰 지팡이, 케인을 쓴다. 하지만 바쁘게 뛰어다니는 수많은 출퇴근자와 부딪혀 케인을 부러뜨리기 일쑤다. 여분의 케인을 챙겨가지만 모두 부러진 날이 적지 않았다.

여분의 케인이 없었던 날도 두 번은 친절한 사람들의 도움으로 무사히 출근할 수 있었다. 그들은 나에게 항상 어디로 가느냐고 질문하고, 나는 그들에게 내가 지금 서 있는 곳이 어딘지를 가르쳐달라고 부탁한다. 나를 회사까지 책임지고 데려가 줄 사람은 없다. 그러니 갈 길을 제대로 잡기 위해서는 항상 지금 나의 위치를 알아야 하는 것이 우선이다.

(눈 감으면 보이는 것들, 26~27쪽)

'지금 내가 눈이 보이지 않는다면' 하고 상상해 봤다. 눈을 꼭 감고 침대를 내려와 잠깐 움직였다. 열 걸음을 채 떼지 못하고 불안감이 엄습했다. 그런데 칠흑 같은 암흑 속에서 몇 시간 동안 기차를 몇 번 갈아타고 길을 걸어가서 회사에 출근을 하다니, 난 엄두조차 나지 않았다.

무사히 출근을 해도 그게 끝이 아니다. 이제 막 출근했을 뿐, 점자 키보드와 점자 디스플레이 기능, 그리고 음성 스피치

기능을 갖춘 휴대용 컴퓨터로 업무를 해야 하고, 일을 마치면 퇴근 전쟁을 치르고 집으로 되돌아와야 한다. '나라면 그게 과연 가능할까?' 상상만 해도 오금이 저리고 식은땀이 흐른다.

가장 절망스러운 장애는 '시각장애'일 것이다. 본 것이 없으니 꿈조차 꿀 수 없어서다. 설령 저자처럼 본 적이 있는 시각장애인도 사라지는 기억을 막을 수는 없다. 그런 시각장애인이 오감으로 더듬어서 만나는 세상은 어떤 느낌일까. 또 시각장애인이 비장애인들과 함께 살아가기 위해서는 몇 배의 시간과 노력을 쏟아야 할까.

하지만 마냥 불행할 것만 같은 저자가 아무렇지 않은 듯 담담하게 서술해 가는 글체는 이 책이 가진 매력이다. 저자는 자신이 이렇게 힘든 출퇴근을 매일 하는 이유는 자신이 앞을 볼 수 없다는 사실과 이로 인해 출퇴근에서 겪는 불편함보다 지금 하고 있는 일과 가족을 위한 사랑이 더 중요하기 때문이라고 고백한다. 또한 그는 시각장애인이 되면서 깨달은 사실들이 자신의 인생에 기적을 일으켰다고 말한다. 그것은 비장애인에게는 보이지 않는, 눈을 감아야 비로소 보이는 것들이었다.

시각장애인은 눈을 통해서 볼 수 있는 권리를 잃은 사람이다.

하지만 현대인 대부분은 보지 않아도 되는 것을 거부할 자유를 자발적으로 포기하고 사는 듯하다. 그래서 정작 보아야 할 것들, 부모의 사랑을 갈망하는 아이들의 눈빛, 화가 났을 때도 감출 수 없는 엄마의 애틋한 표정, 외로움으로 어두워진 배우자의 얼굴 빛 등을 보지 못한다. 대중매체나 소셜네트워크에 사로잡히기 쉬운 오늘, 거기에서 눈을 떼고 사랑하는 이들의 얼굴을 자세히, 더 자주 바라본다면, 세상의 '소음'에서 빠져나와 우리에게 소중한 '신호'를 더 의식하는 삶을 살 수 있지 않을까.

(눈 감으면 보이는 것들, 53쪽)

이 대목에서 멈춘 나는 책을 덮고 암환자가 된 나를 제대로 바라보는 데에 몰두했다. '피할 수 없으면 기꺼이 받아들이라.' 는 말이 있다. 내가 대장암에 걸린 건 나라는 자동차가 인생이라는 경부고속도로를 달리다가 충주 어딘가에서 잠깐 고장을 일으킨 것에 지나지 않는다. 내가 지금 병원에 입원해 누워 있는 건 정비소에 잠깐 들러 고장 난 부품을 떼어내고 새로운 부품으로 갈아 끼우는 정비를 하는 것이다. 단지 그러느라 원래 가던 길을 잠시 벗어났고, 시간이 지체되었을 뿐, 이제 다시 달릴 일만 남았다. 그 다음은 암환자가 된 이후 비로소 알게 된 것들에 대해 고민할 차례다.

길을 가다 보면 돌아가야 하는 때도 있고, 방향을 다시 잡아야 하는 때도 있다. 아예 목적지를 바꾸어 가야 할 때도 있다. 중요한 것은 목적지에 도착할 때까지 계속 가는 것이다. 끊임없는 커브길, 오르내림이 심한 언덕길, 그리고 장애물이 수두룩한 위험한 길이 우리 앞에 나타날 거라고 당연하게 받아들인다면 험난한 길 위에서도 자신감과 희망을 잃지 않을 수 있을 것이다.

(눈 감으면 보이는 것들, 75쪽)

그렇다. 며칠 전까지 죽음을 준비했던 난, 다시 살아났다. 수술을 마치고 덤으로 새로운 삶을 살고 있다는 그 중요한 사실을 잠시 망각하고 암환자가 되어버린 나 자신을 잠깐 동안 비관하고 낙담했다.

내가 사랑하는 가족과 함께 살 수만 있다면 평생 암환자로 살아간들 어떠랴. 앞으로 고통스럽고 힘겨운 항암치료도 남았고, 건강을 회복해서 하루빨리 사회로 복귀하는 일도 남았다. 이렇듯 당장 눈앞의 힘든 현실 때문에 정작 소중한 것을 보지 못할 뻔했다. 나를 위해, 가족을 위해 내일부터 기필코 살아내는 일 말이다.

멀리서 보면
희극 같은 인생

세상에 쓸모없는 장기(臟器)는 없는가 보다. 대장암 절제 수술로 어른의 손 한 뼘 길이만큼 잘려나간 대장 때문에 나는 지금 한 시간에 다섯 번꼴로 화장실을 들락거리고 있다. 수분을 흡수하는 대장의 길이가 짧아진 바람에 '아, 배 아파.' 하고 느끼면 때는 이미 늦다. 똥싼 바지가 된다는 소리다. 그래서 '어, 배가 어색해지네?' 느껴지면 만사를 제치고 달려가야 한다. 이게, 이게, 사람이 할 짓이 아니다.

어제 저녁을 먹은 뒤였다. 소화와 운동을 돕기 위해 복대를 차고 링거대를 끌고 음악을 들으며 복도를 왕복하고 있을 때였다. 갑자기 '꾸룩~' 하면서 배가 묵직해졌다. '헉.' 내가 지금 서 있는 곳을 살피니 복도 끝, 화장실에서 가장 먼 거리였다.

DJ DOC의 어느 노랫말처럼 '세상에 어떻게 이럴 수가, 나는 도대체 되는 일이 하나 없는지' 모르겠다. 1초가 급했다.

링거대를 끌고 잰걸음으로 화장실에 도착하려면 족히 1분은 걸리는 거리. 나는 링거가 달린 폴대를 안고서 "비키세요, 거기 비켜주세요." 소리치며 항문에 힘을 잔뜩 준 채 휘청거리는 오리 궁둥이 모양을 하고 달리듯 걸었다. 간호사는 왜 그러느냐 따라오며 연신 물었고, 지나는 사람들은 웃었다. 결과는 역시나 똥싼 바지. "인생은 가까이서 보면 비극이지만 멀리서 보면 희극이다."라고 찰리 채플린이 말했다. 난 비극을 찍었고, 사람들은 희극을 봤다.

이후 똥싼 바지를 피할 타이밍을 감지하기까지 매일 다섯 벌 이상의 환자복을 갈아입어야 했고, 나중엔 더이상 간호사를 귀찮게 할 수 없어 성인용 기저귀까지 따로 구입해서 찼다. 내 아들 녀석도 3년 전에 뗀 기저귀를 내가 쓰다니…. 아픈 이후로 일생 동안 단 한 번도 상상하지 못했던 일들을 계속 경험하려니 하루가 일 년처럼 느껴졌다. 누가 나 대신 화장실에 가줄 수만 있다면, 그때마다 아주 세게 양쪽 뺨도 맞을 수 있을 것 같았다.

'난 뭐, 환자니까.' 하고 스스로를 다독이지만 똥싼 바지가 될 때마다 당황스럽고 창피해서 죽을 지경이다. 화장실을 가는 횟수도 줄고 변의 굳기도 정상회되려면 최소 6개월은 걸린다는데, 그때까지 과연 내가 온전한 정신으로 살 수 있을까 의문이다. 지금 내게 절실히 필요한 건 당당함, 아니 뻔뻔함이다.

화장실 가는 횟수가 잦을수록 항문 주위가 헐어 통증이 수술 부위보다 더 아팠다. 화장실을 다녀오면 통증으로 앉지도 서지도 못하고 엉거주춤 자세로 '얼음'을 하고 있어야 하고, 통증이 간신히 나을 만하면 또다시 화장실로 달려가야 했다. 정말 미쳐버릴 것만 같았다. 문제는 이 증상이 한 시간에 대여섯 번씩 반복된다는 점이다. 정말이지 딱, 죽고 싶다.

아픈 환자들은 아침에 눈뜨면 제일 먼저 '아, 오늘은 또 얼마나 아프려나?' 걱정한다고 한다. 내가 그 마음을 이제야 알 것 같다. 아침에 눈을 뜨자마자 하루 종일 쳇바퀴를 돌리는 다람쥐처럼 난 하루에도 수십 번씩 화장실을 들락거린다. 다행히 새벽 두 시 이후에는 횟수가 현저하게 줄어드는데, 더 나올 것도 없거니와 대장이라는 장기도, 나도 기진맥진해서 쓰러진 때문일 것이다. 나중엔 물조차 마시기가 두려워서 차라리 참고 만다. 사는 게, 사는 게 아니다.

회진하는 의사에게 매일 반복되는 내 고충을 토로하니 돌아오는 대답은 "어쩔 수 없습니다. 대장이 스스로 잘려나간 것을 인식하고 새로 숙변을 만드는 자리를 만들 때까지 시간이 좀 걸릴 겁니다. 힘들겠지만, 대장암 환자치고 이 정도면 상태가 괜찮은 거니 좀 참고 버티세요. 많이 아프겠지만, 그거야말로 살아 있다는 증거이고 지금 아파야 빨리 회복된다는 소리니 곧 건강해집니다."였다.

제길, 대장이 안정되기 전에 난 우울증에 빠질 지경이다.

내 슬픔을
등에 지고 가는 자, 친구

퇴원을 며칠 앞둔 토요일 저녁, 아내가 녀석을 데리고 병원에 왔다. 가족에게는 결코 보여주고 싶지 않았던 풍경 속에, 달랑 가족만 있었다. "아빠, 어디 아파?" 환자복을 입은 나를 보고 녀석이 자꾸 물었다. "아냐 아냐, 아빤 하나도 안 아파."라고 대답했다. "아빠, 보고 싶었어. 집에 언제 와?"라며 녀석이 다시 말했다. 그 물음에 난 더이상 대답을 하지 못하고 연신 음, 음 하며 녀석의 머리만 쓰다듬었다. 그 순간 눈물을 참느라 혼났다.

내가 입원해 있는 동안 녀석은 엄마가 퇴근할 때까지 몇 시간을 유치원의 같은 반 여자친구의 집에 맡겨졌다고 한다. 태어난 후 한 번도 나와 떨어져본 적이 없던 녀석에게는 이 시간이 무척 낯설고 힘들었던 시간이었던 것 같다. 심리적으로 불안한지 녀석이 잠을 잘 때 식은땀을 흘리고 자꾸만 깨어 운다며 아내가 걱정했다.

녀석의 얼굴을 살피니 마치 석고상처럼 창백하고 웃음기가 사라졌다. 그나마 조금 있던 볼의 젖살도 빠져 갸름해졌다. 마음이 찢어졌다. 두 시간의 짧은 면회시간이 끝나자 아빠와 함께 집에 돌아간다고 떼쓰며 우는 녀석을 간신히 돌려보내고 누웠다. 녀석의 울음소리가 귀에 계속 남아 있었다. 나는 슬펐다. 늦은 밤 아내가 전화를 했다. 집으로 돌아가는 택시 안에서 녀석은 계속해서 울다가 결국 토해서 변상까지 해줬다고 했다. 내가, 죄인이다.

다음날인 일요일 저녁엔 경기도 용인시에 사는 30년 지기 대학동기가 겨울비를 뚫고 홀로 부산까지 병문안을 왔다. 친구는 나를 보자 초점을 잃은 눈으로 내 손을 꼭 잡았다. 나는 친구의 손을 잡자마자 그동안 참았던 울음을 터뜨리고 말았다. 누구에게도 표현하지 못한 슬픔과 두려움 그리고 외로움을 친구에게 말 대신 울음으로 토로했다. 친구는 "됐다, 다 끝났다. 수고했다, 인마." 하며 내 어깨를 한참 동안 안아주며 토닥거렸다.

알랭 드 보통은 〈불안〉에서 이렇게 썼다. "죽음을 생각하면

생활에 진정성이 찾아온다. 우리가 아는 사람 가운데 누가 입원실까지 와줄 것인지 생각해 보면 만날 사람을 정리하는 데 큰 도움이 될 것이다." 인디언 말로 친구는 '내 슬픔을 등에 지고 가는 자'다. 내게 친구는 이놈 하나뿐이다.

이 친구는 유독 내게 잔소리꾼이다. 친구는 나보다 한 살 어렸지만 내가 무슨 말을 하기만 하면 제가 큰형님이라도 된 듯 시비를 걸거나 핀잔을 주기 일쑤였다. 나는 친구의 그런 말투가 듣기 싫어서 '아무도 내게 잔소리를 하지 않는데, 넌 왜 그러느냐'며 자주 말다툼도 하고 욕을 하며 싸우기도 했다. 그런데 '좋은 약은 입에 쓰다.'는 말처럼 친구의 잔소리 덕분에 내가 허튼짓할 뻔한 일을 여러 번 피했다.

그 후로 어떤 중요한 일을 결정할 때면 친구에게 전화를 걸어 실컷 잔소리를 청해서 들었다. 친구의 힐난에 대꾸하다 보면 생각지 않은 묘안이 떠오르기도 하고, 판단을 유보한 결정들에 대한 논리도 더 탄탄하게 세워지기 때문이다. 무엇보다 친구의 잔소리가 뇌리에 남아 실제로 그런 실수가 일어나지 않도록 대비할 수 있어 유익했다. 사람들이 내게 잔소리를 하지 않은 건 내가 세상을 잘 살고 있어서가 아니라 이른바 예스맨만 좋아하는 내게 관심을 두지 않거나 포기한 때문이란 걸 세월이 한참 지나고서야 알았다.

친구는 내가 대장암 발병 소식을 전한 다음날 늦은 밤 잔뜩
취해 내게 전화해 엉엉 울었다. 왜 네가 그런 병이 생겼냐며
울었고, 일 때문에 당장 내려가지 못해 미안하다며 더 울었다.
울지 말라며 나도 함께 울었다. 그 후 친구는 술을 마신 날이
면 내게 전화했다. 딱히 할 말도 없으면서, 궁금하지도 않으면
서, 오늘 뭐 했냐며 단순하기 그지없는 입원환자의 하루를 물
었다. 하루 종일 말할 사람이 없어 입에 단내가 나던 나는 반
가워하며 오늘 어떤 반찬이 맛있었는지, 화장실은 몇 번 갔는
지, 어느 간호사가 주사를 안 아프게 잘 놓는지, 시시콜콜 떠
들었다. 살짝 들뜬 내 대답에 친구는 잘 알지도 못하면서 "아,
그랬구나? 그래서, 그래서?" 하며 추임새를 넣으며 계속해서
물었다. 한참 말을 하다 보면 아무런 대답이 없는 때가 종종
있다. 내게 말을 시키다 친구가 잠이 든 거다. 어떤 때는 쌕~
쌕~ 코도 골았다.

친구는 비에 젖은 도로를 다섯 시간이나 달려와 젖은 눈으
로 '본인은 정말 아무 일 없이 잘 지낸다'며 연신 내 안부만 물
었다. 그리고 친구는 얼마 되지 않아 다음날 출근해야 한다며
일어섰다. "겨우 한 시간 남짓 있다가 가려고 왕복 열 시간을
넘게 운전했냐 이 미친놈아!" 욕을 푸지게 하며 배웅했지만,
나는 마치 죽은 부모를 만난 듯 멀리서 찾아온 친구가 한없이

반갑고 고마웠다. 친구를 보내고 난 후 돼지국밥에 소주 한잔이라도 먹여 보냈으면 좋았을 걸, 하고 내내 아쉬웠다.

병실에 누워 있으면 지칠 만큼 하는 것이 생각이다. 최근 며칠 동안은 퇴원을 앞두고 '앞으로 어떻게 살까'와 '어떻게 죽음을 준비할까'를 고민했다. 수술하고 입원해 있으면서 삶이 '살아간다는 것'과 '죽어간다는 것'이 참으로 묘하게 섞여 있다는 걸 새삼 느껴서다.

세상에 태어나 심장이 펄떡이면서부터 우리는 살아가지만, 뒤집어 말하면 동시에 죽어가고 있는 셈이다. 나는 머지않아 환자복을 벗고 퇴원할 것이다. 집에 돌아가서도 항암치료를 하고 투병도 하겠지만 이번에는 정말 제대로 살다 죽어야겠다고 다짐했다. 이 각오는 대장암이 내게 준 유일한 선물이다.

1902년, 75세의 나이로 폐렴과 장티푸스로 사경을 헤매다가 구사일생으로 회복한 톨스토이가 쓴 잠언집 〈살아갈 날들을 위한 공부〉에는 '삶'이라는 글이 있는데, 병상에 누운 내게 전하는 바가 컸다.

죄는 처음에는 한번 찾아온 손님이었다가
자주 찾아오는 손님이 되고
나중에는 집주인이 되고 만다.

잘못은 마치 거미줄처럼 우리를 얽매어 버린다.
죄를 반복하면 거미줄은 점점 더 굵고 튼튼해져
강철봉이 되어버릴 것이다.

타인에게 용서받음으로써
자신의 죄를 씻을 수 있다는 생각은 잘못이다.

죄를 씻는 유일한 방법은
죄를 알고 이를 피하기 위해
의식적으로 노력하는 것이지
용서받는 것이 아니다.

육체 안에 영혼이 없다면 삶도 없다.
육체는 영혼을 속박하고 영혼은
언제나 육체로부터 자유로워지려 한다.
결국 이것이 삶이다.

(살아갈 날들을 위한 공부, 182쪽)

영국의 극작가 오스카 와일드도 "산다는 것은 세상에서 가
장 어려운 일이다. 대부분의 사람들은 그저 연명할 뿐이다."라

고 말했다. 심장이 펄떡대고 숨을 쉰다고 해서 온전히 사는 것은 아니다. '살아가는 것'과 '죽어가는 것'이 묘하게 섞여 있는 게 삶이라면, 제대로 살기만 한다면 둘 모두를 충족시킬 수 있겠다는 생각이 들었다. 그렇다면 어떻게 사는 것이 제대로 사는 걸까? 이제 나만의 답을 찾아야 했다. 책이 든 가죽 가방을 뒤지기 시작했다.

매 순간
죽음을 기억하는 법

일본에서 가장 유명한 코미디언 기타노 다케시가 어느 날 오 토바이 사고를 당해 얼굴은 알아볼 수 없을 정도로 크게 다쳤고, 팔과 다리는 버려진 인형처럼 찢어진 채 쓰러졌지만 구사일생으로 살아났다. 그는 생사를 넘나들던 긴 시간 동안 병상에 누워 사고 전과 후의 삶에 대해, 그리고 다가올 죽음에 대해 고민하며 병상일기를 썼다. 제목은 〈죽기 위해 사는 법〉(씨네21북스), 입원해서 읽을 책을 고르느라 서재를 둘러보다 역설적인 제목에 이끌려 가방에 쓸어담은 책이다.

그전까지 나는 삶이라는 것에 크게 집착하지 않았고, 언제 죽어도 상관없다는 소리까지 하고 다녔다. 하지만 이는 자살 욕구와는 다르다. 딱히 제 발로 기꺼이 죽고 싶은 건 아니다. 다만 나에게 주어진 무거운 짐에서 언제 해방되든 상관없다는 마음은 있었다.

하지만 실제로 구사일생이라 할 만한 상태에서 살아 돌아오고 보니 '간단히 자기 짐을 내려놓고 죽을 수는 없지. 그렇게 간단한 일이 아냐.'라고 누군가가 말하는 듯한 기분이 들었다. 그럼 앞으로도 계속 짐을 지고 살아가야 하나.

그래서 그다지 기쁘지 않았다. 기쁘지 않아도 가치는 있다. 살아 있다는 가치 말이다. 그렇게 다행이라거나 행운이라고는 생각하지 않았다. 하지만 중요한 것은, 어쨌든 살아 있길 잘했다는 생각이 들도록 앞으로 얼마나 많은 것을 생각하고 어떻게 살아갈 것인가 하는 것이다. 거기서 실패하면 다시 살아난 의미가 없어진다. 끊임없이 그런 생각만 맴돌았다.

(죽기 위해 사는 법, 17쪽)

'수명이 다할 때까지 후회 없이 잘 살아보겠다.'는 다짐은 죽었다 살아난 자라면 누구나 갖는 작심일 것이다. 어차피 죽어지면 썩어 없어질 몸, 살아 있는 동안만이라도 차라리 죽는 것보다 못 한 삶은 살지 않겠다는 생각은 안면이 함몰되고 사지가 찢어지는 고통 속에서 살아남은 다케시에게 찾아온 큰 깨달음이었다.

사고가 나기 이전의 다케시는 한마디로 '망나니'였다. 성의 없이 방송을 하고 많은 돈을 받아서는 '언니'들의 품을 찾아 다니며 밤새워 술을 마셨고, 그런 자신을 비난하는 팬이나 언론에 오히려 더 큰 목소리로 독설을 퍼붓는, 한마디로 '인간말 종'이었다.

술만 마시면 언제 죽어도 상관없다고 여기저기 큰소리치고 다녔지만, 정작 교통사고 후 '걸레 같은 몸뚱이'가 되어 남의 손을 빌려서야 밥을 먹고, 용변을 해결하는 '단순하기 그지없 는 동물 같은 신세가' 되어버린 뒤 그는 몰라보게 변했다.

긴 병원생활을 끝내고 퇴원 기자회견을 하는 날, TV를 보던 사람들은 사고 이후의 기타노 다케시의 모습을 보고 모두 경악했다. 심하게 일그러지고 마비된 기타노 다케시의 모습에서 예전의 그를 찾을 수 없기 때문이었다. 지인들과 의사는 교통사고의 후유증으로 생긴 씰룩거리는 안면을 안면신경 수술을 해서 개선하자고 했지만 그는 완강히 거부했다. 이유는 단 하나, 교통사고가 일어나던 그날을 평생 기억하고 싶어서였다.

나는 나름대로 이 교통사고를 재산으로 삼고 살아갈 의지가 있었다. 안면신경이 낫지 않아도 딱히 관계없다. 어느 정도라면

·
·
·
·
·
·
·

수술하면 흉터도 남지 않는다. 예전처럼 고칠 수 있다고 한다. 그럼 정신도 옛날대로 돌아갈 수 있지 않은가. 그건 싫다고 말했다.

기껏 이런 사고를 당해서 생각도 바뀌었고 인생에 대해 여러 가지로 고민하게 되었는데, 얼굴이 원래대로 돌아가면 정신도 원래대로 돌아갈지 모른다. 그건 싫었다. 일그러진 얼굴을 거울에 비춰 보면서 생각이 다시 바뀔 수도 있으니까, 이대로 흔적으로 남기고 싶다. 그런 의지가 있었기에 신경 수술은 고사하기로 했다.

(죽기 위해 사는 법, 29쪽)

이 대목을 읽으면서 나는 정수리에 벼락을 맞는 듯한 심한 충격을 받았다. 누구나 인생이 순풍에 돛단 듯 마냥 순탄할 수는 없다. 살다 보면 아픔과 슬픔, 사고와 괴로움 같은 고통이 반드시 한 번은 찾아오기 마련이다. 그리고 대부분의 사람들은 이런 어렵고 힘든 시기를 겪은 후에는 굳이 기억하지 않으려고 애쓰며 산다. 물론 나 역시 같은 생각을 했다.

대장암 절제 수술 후 정신이 들자 난 '아, 이젠 수영장이나 사우나는 다 갔구나.' 생각했다. 배꼽 주위에 흉물스럽게 남아 있는 다섯 개의 복강경 수술 자국을 남들에게 보이기가 창피해서였다. 그렇다고 해서 30~40센티미터의 수술 자국을 남기는 개복수술을 한 것도 아닌데 이런 생각을 했다는 건, 나는 흉한 수술 자국이 아니라 비교적 이른 나이에 종양 제거 수술을 했다는 사실이 부끄러웠던 것이다.

하지만 나는 이 대목을 읽으며 다케시의 생각에 반해버렸다. 그는 내 생애 중에 찾아온 것들이라면 아픔과 슬픔, 사고와 괴로움의 고통 역시 내가 감싸안고 살아가야 할 몫이고, 이를 견디며 꿋꿋이 살아갈 때 비로소 '온전히 나다운 삶'을 사는 거라고 말한다.

'내가 가진 불행을 애써 감추려 하지 않고,

거부하지도 않고, 있는 그대로 안고 살기.

내 삶에 있던 일이었으니까.'

지금 내가 찾던 해답이 바로 이것이었다. 이보다 단순하고 명쾌한 삶의 방식이 또 있을까. 사고를 당하든, 암에 걸리든, 빈털터리가 되든, 풀방구리에 쥐 드나들 듯 똥을 싸러 화장실을 드나드는 처지가 되었다 해도 그게 '지금의 나'인 것을 뭐 어쩔 거냔 말이다.

'오늘의 나를 온전히 인정하고 받아들이는 것', 이것이 바로 지금의 내가 '제대로 사는 법'이 아닐까. 나는 다케시를 통해 '나답게 죽기 위해 나답게 사는 법'을 제대로 배웠다.

엄마 없는
하늘 아래

병원 입원 후 아침마다 TV 소리에 눈을 뜬다. 입원한 지 몇 주
가 지났지만 여전히 낯설다. 신기하게도 아침 6시만 되면 입
원실마다 동시에 TV가 켜지는 것 같다. 누가 억지로 시킨 것
도 아닌데 눈을 뜨자마자 켜고는 하루 종일 TV만 본다. 단순
한 환자의 일상에 TV만한 게 또 있겠냐마는 마치 화면을 들
여다보는 시간만큼 돈을 받는 모니터 요원처럼 모두들 헌신
적이어서 그 모습을 볼 때마다 생경하다.

　게다가 즐겨 보는 프로그램들이 죄다 화려한 옷을 입고 잔
뜩 꾸민 채 별 의미 없는 말에 배꼽을 잡고 박수를 치며 웃고
즐기는 사람들로 가득 찬 예능 프로그램들이다. TV가 웃으면
따라 웃고 손뼉 치는 병색 짙은 환자들의 모습은 그들을 더욱

환자답게 만든다. 한편 함께 즐기지 못하고 그들을 바라만 보는 나는 또 무엇이며, 왜 난 그들처럼 웃고 즐기지 못하는 걸까. TV 역시 바깥세상의 투영이기 때문이다. 나는 그런 프로그램을 보면 볼수록 기분이 침울해져서 애써 이어폰으로 음악이나 팟캐스트를 들으며 외면했다.

퇴원하기 이틀 전인 어젯밤, 입원할 때 가져왔던 물품들을 트렁크에 주섬주섬 챙겨넣다가 "짐을 그렇게 아무렇게나 구겨 넣으면 어떻게 해, 차곡차곡 잘 챙겨야지~" 하는 엄마의 목소리가 뒤에서 들리는 것 같아 흠칫 놀라 뒤를 돌아보았다. 하지만 아무도 없었다. 내가 '엄마가 있었다면 이런 물건들을 꼼꼼히 챙겨줬을 텐데.' 하고 문득 당신을 떠올린 직후였다.

일주일 전부터 줄곧 엄마 생각이 났다. 퇴원 후 이어질 항암치료와 투병생활을 은근히 걱정하면서부터 당신을 생각했던 것 같다. 아내는 항암치료를 마칠 때까지 가사도우미를 두자고 했지만 난 할 수 있는 데까지 혼자 감당해 보겠노라고 했다. 굳이 남의 도움을 받을 필요까지 있을까 싶기도 했거니와 차라리 일을 하는 수고로움이 남의 도움을 받는 불편함보다 낫겠다는 생각이 더 컸다.

아내에게는 일단 나 혼자 해보겠다고 큰소리쳤지만, 여전히 '아프기 전에도 힘들었던 가사를 과연 항암치료와 투병생활을 하면서 병행할 수 있을까?' 하는 걱정이 들었다. 엄마가 있었다면 집으로 돌아가는 게 이렇게 두렵지는 않을 텐데.

초등학교 3학년쯤, 어느 휴일 늦은 오후 낮잠에서 깨었다. 주위를 둘러보니 아무도 없는 적막. "엄마, 엄마아~?" 몇 번을 불러도 대답이 없었다. 순간 내가 누워 있던 안방이 사방으로 쭈욱~ 하고 늘어나서 세 배 크기로 커졌다. 방 천장도 한참 높아져 있었다. 운동장만큼 커진 안방은 어쩌면 홀로 남겨진 열 살짜리 아이가 느낀 헛헛한 기분, 그건 황망함이었다.

눈물이 흘렀다. 볼을 타고 흐른 눈물이 턱밑으로 떨어지자 이를 신호로 난 크게 울기 시작했다. 엄마가 죽은 것도 아닌데, 무엇이 그렇게 서러웠는지 알 수 없지만 당신이 있는 그곳까지 들릴 수 있도록 목청껏 소리 높여 울고 또 울었다.

한참 만에 옥상에서 이불 빨래를 널던 엄마가 뛰어내려와 "다 큰 녀석이 왜 우냐!"며 어깨를 찰싹 때렸다. 호된 매가 아팠지만, 울다가 웃었던 기억. 안방은 어느새 원래만큼의 크기로 돌아왔다. 엄마만 있으면 돼, 하며 울다 웃다 한 이유는 목청껏 운 울음이 결국 엄마와 통했다는 안심 때문일 거다.

그런 엄마가 이 세상에 없는 사람이 된 건 그로부터 35년이 흐른 뒤다. 홀로 살던 엄마가 어느 날 장염을 앓은 후 갑자기 건강이 시들해지기 시작했다. 아직 미혼인 막냇동생이 함께 지내며 돌본다고 했지만 엄마는 곧 괜찮아질 거라며 나일랑 신경쓰지 말고 네 하던 일 하라며 극구 거부했다. 자신의 건강을 과신하는 데다 오래전 심하게 폐렴을 앓아 입원한 이후 병원 가기를 무서워한 엄마는 몸이 아프기 시작한 지 일 년여 지난 어느 날 갑자기 저혈압으로 인한 쇼크로 홀로 이 세상을 떠났다. 그때는 내가 아무리 크게 울어도 엄마는 끝끝내 돌아오지 않았다.

내가 암에 걸리기 전까지 죽을 뻔한 적이 딱 한 번 있는데, 초등학교 4학년, 황달에 걸렸을 때다. 친구의 생일파티에 초대되어 놀러 갔다가 상한 우유를 마셨다. 갈증이 났던지 타고난 식탐 때문인지 나는 옆 친구 것까지 두 잔을 연거푸 마셨는데 그게 문제의 시작이었다. 내게 우유를 빼앗긴 여학생만 빼고 생일 파티에 참석했던 모든 친구가 심한 배탈이 난 것이다.

설상가상으로 나는 집으로 돌아오다 옆집 개에게 물렸다. 물린 상처는 빨간약을 며칠 동안 바르면 나을 정도였지만, 개에게 물리면서 심하게 놀란 게 병을 더 키웠다. 식중독에 걸린 데다 크게 놀라는 바람에 간에 탈이 났는지 '황달'에 걸리고 말았다.

그 후부터 이유 없이 무엇이든 먹기만 하면 토를 해서 아무것도 먹지 못하고 하루 종일 누워 끙끙 앓았다. 처음에는 그토록 가기 싫었던 학교를 일주일 넘게 가지 않고 하루 종일 누워 있는 것이 좋아 내심 기뻤다. 하지만 병은 점점 더 심해졌다. 음식은 물론 물까지 토해서 아무것도 먹을 수가 없었다. 병원에서는 딱히 원인을 찾을 수 없다며 포도당 수액만 놔줄 뿐 사실상 손을 놓아버렸다.

일주일 사이 얼굴은 물론 전신, 눈의 흰자위까지 노랗게 변해버렸고, 아무것도 먹지 못하는 바람에 입던 옷들이 커서 하나도 맞지 않았다. 엄마는 매일 시들어가는 꽃처럼 변하는 나를 둘러업고 용하다는 병원을 찾아 강원도까지 쫓아다녔다. 하지만 별 소용이 없었다. 황달에서 흑달로 변하면 죽는다는 사람들의 걱정에 엄마는 아연실색했다. 빼빼 말라버린 날 업고 울며 뛰어다니는 엄마를 본 반장집 할머니는 자신이 30년 넘게 다니는 한의원을 추천해 주었다.

묻고 물어 찾아간 한약방에서 지어준 한약 두 첩을 다 먹을 때 즈음 나는 다시 온전한 밥을 조심스럽게 먹기 시작했다. 거의 두 달 만에 먹는 '곡기'였다. 밥 한 술을 뜰 때마다 같이 '아~' 하고 입을 크게 벌리며 쳐다보던 엄마 아빠의 모습이 기억난다. 난 그때 살아났다. 엄마의 눈물방울과 용하다는 한의원을 찾아 뛴 땀방울, 그리고 두 봉지의 한약 덕분이었다.

지금은 열 살 때처럼 입원실이 운동장처럼 커지지도 않았고, 눈물도 나지 않지만 엄마가 없는 그 빈자리에서 마음이 또 툭 꺾인다. 문득 잠깐 아팠던 내가 이럴진대 홀로 쓸쓸히 죽음을 맞이한 엄마는 얼마나 외롭고 황. 망. 했. 을. 까. 가슴마저 먹먹해진다.

소설가 최인호는 암으로 숨지기 전 자신의 전 생애를 통틀어 가장 빛나는 순간에 맺었던 '인연'의 아름다움을 노래한 글들을 모아 〈인연〉(랜덤하우스코리아)이란 책을 썼다. 그 중 '어머니의 유전자'라는 글에는 어머니들의 몸속에서 결코 사라지지 않는 억척스러운 생의 유전자를 '가난'이라고 말했다.

한껏 차린 칠순 잔치 끝에 최인호의 어머니는 핸드백에서 비닐봉지를 꺼내 탁자 위에 남은 음식들을 주섬주섬 넣었다. "지금 뭐 하는 거냐?"고 아들 최인호가 창피해서 핀잔을 줬지만 어머니는 남은 음식이 아까워서 집의 개라도 주겠다며 소녀처럼 호호호 입을 가리고 웃으며 아랑곳하지 않았다. 어머니의 유전자는 힘이 세다며 최인호는 이렇게 말했다.

오랜 옛날 우리는 가난했다. 가난해서 끼니를 굶고 거르는 날도 많았다. 우리가 한 끼를 굶으면 어머니는 두 끼를 굶어야 했으며, 우리가 한 끼를 먹으면 어머니는 먹지 않아도 배가 부른

표정을 짓던 시절이 정말 있었다.

나는 벌써 오래전에 그 시절을 망각했는데 어머니는 여전히 잊지 못하고 계셨구나. 그렇게 많은 시간이 지나고 그렇게 숱한 세월이 흘렀어도 어머니의 몸속엔 여전히 그 시절의 억척스럽던 유전자가 흐르고 있는지도 모른다. 그렇지 않고서야 어떻게 그 고통스러운 세월을 수많은 자식들을 치마 품에 안고 견뎌낼 수 있었으랴. 그러므로 저 억척스럽고 남부끄러운 주책이야말로 세상에서 가장 아름다운 몸짓이다. 세상에서 가장 아름다운 모성이라는 주책인 것이다.

(인연, 93쪽)

엄마는 커피를 정말 정말 좋아했다. 특히 남대문 PX골목에서 파는 빨간색 은박 봉투에 담긴 파삭파삭 소리 나는 알 굵은 미제 '초이스 커피'를 좋아했다. 수많은 커피 전문점들이 세상을 뒤덮었지만 엄마는 이 빨간색 봉투의 인스턴트 커피가 최고라며 이것만 마셨다. 엄마의 입이 고집스러운 게 아니라 두 잔에 만 원 하는 커피를 마실 용기가 나질 않아서인 걸 나는 안다. 〈인연〉에서 말한 '어머니의 유전자' 때문이다.

커피가 생각날 때마다 엄마는 예쁜 커피잔을 준비했다. 초이스 커피 두 스푼과 설탕 두 스푼을 넣고 커피포트에 끓인 물을 쪼르르 따라 후~ 불며 달게 마셨다. 커피와 설탕이 뜨거운 물을 만나 녹으면서 피워내는 갓 볶은 커피의 구수한 단내음도 엄마는 정말 좋아했다. 엄마가 끓여준 그 커피를 마시며 시간을 잊고 이야기를 나누던 때가 엊그제 같다. 엄마의 그 커피와 이야기가 지금, 사무치게 그립다.

시시포스의 바위

이른 아침 간호사가 큰 주사기로 하나 가득 혈액을 뽑아갔다. 오늘은 퇴원 전 마지막 검사일이다. 더이상 환자복을 입고 세상의 이방인으로 남고 싶지 않다. 검사 결과를 기다리는 건 법정에서 판결을 기다리는 피고인의 심정과 다름없었다. 겉으론 덤덤한 척했지만 속으로는 몹시 초조했다. 한시라도 빨리 가족에게 달려가고 싶었다.

검사 결과를 듣기 위해 진료실로 내려갔다. 나는 책상을 사이에 두고 딱딱한 철제 의자에 앉아 의사의 입만 바라보고 있었다. 의사는 나를 잠깐 보고 아무 말 없이 한참 동안 모니터만 바라봤다. 마른침을 삼켰다. 다행히, 퇴원해도 좋다는 판결(?)을 받았다. 하마터면 기뻐서 소리를 지를 뻔했다. 의사는 집으로 돌아가 보름을 쉰 후 외래진료를 통해 항암치료를 시작하자고 했다. 나는 퇴원의 기쁨에 건성으로 대답했다.

그리고 도망치듯 병원 문을 나섰다. 가져온 짐을 가득 싣고 택시를 타고 차창을 내렸다. 1월 영하의 날씨임에도 집으로 가는 길의 바깥공기가 시원하게 느껴졌다. 하지만 얼마 가지 않아 나는 택시 밖으로 튕기듯 뛰쳐나가 구토를 했다. 허약해진 체력 탓에 차멀미를 한 것이다. 집에 갈 때까지 몇 번 더 가다 서다 반복해야 했지만, 그래서 택시기사에게 눈치가 보였지만, '난 지금 집에 가고 있다.'는 생각에 기쁘기만 했다.

퇴원 후 집에 돌아와 내가 가장 먼저 챙긴 것은 녀석의 귀가였다. 유치원에서 집으로 돌아오는 통학버스에서 무심히 창가를 보던 녀석은 내가 정류장에 서 있는 것을 보고 뛸 듯이 기뻐했다. 버스 안에서 "아빠, 아빠" 하고 부르는 녀석의 소리가 내 귀에 들리는 듯했다. 버스에서 내리자마자 녀석은 나를 안고 활짝 웃었지만 울고 있었다. 6살짜리 사내아이에게도 아빠에 대한 그리움이 가득했나 보다. 내 품에 한참 동안 안긴 녀석은 "아빠, 이제 괜찮아? 병원에 안 가?" 하며 재차 물었다. "그럼, 아빠는 이제 아무 데도 안 가. 이제부터 네 옆에만 있을 거야."

그날 저녁 내가 퇴원했다는 소식을 듣고 의사 친구가 퇴근

길에 나를 보러 왔다. 꼭 당부하고 싶은 말이 있다고 했다.

"형, 내가 하루에 환자를 몇 십 명 보는 줄 알아요? 이 사람들 모두 많이 아파요. 앉자마자 아파서 죽겠다고 나한테 호소해요. 내가 이 사람들 하나하나한테 마음 쓰고 진심으로 돌보면 괜찮아져요. 그래서 내가 매일 죽어라고 출근해서 일해요. 그런데요… 이 사람들 돌보는 데만 신경 쓰다 보면 내가 먼저 아파서 죽어요. 의사가 환자를 보는 건 당연해요. 하지만 의사가 진료를 하기 전에 먼저 밥도 제대로 먹고, 커피도 마시고, 좀 쉬어줘야 해요.

내가 쉬지 않고 진료를 하면 환자 열 명, 스무 명을 더 돌볼 수 있어요. 하지만 그렇게 하면 안 돼요. 난 오늘만 일하는 게 아니라 매일 일을 해야 하니까요. 예전에 환자들 안타깝다고 나를 챙기지 않고 진료만 죽어라고 하다가 기절한 적이 있어요. 그 후에 이렇게 생각하기로 했어요. '내가 살아야 당신이 산다. 미안하지만 내가 먼저다'.

형, 비행기 이륙 전 안내방송에서 왜 비상시에는 본인 먼저 산소마스크를 쓴 다음 가족이나 유아를 씌워주라고 하는 줄 알아요? 유아를 먼저 씌워주다가 정신을 잃으면 유아도 위험하고 본인도 위험해지기 때문이에요. 형도 마찬가지예요. 지금 형이 가족한테 얼마나 미안해하고 마음이 쓰일지 충분히 짐작이 가요. 하지만 형이 먼저예요. 다른 가족보다 형 건강을 제일 먼저 챙겨요."

기운은 예전만 못 하고 의욕만 넘치는 현재 상태의 나에게 친구의 조언은 하나도 버릴 게 없었다. 누구의 도움 없이 투병하기로 마음먹은 이상 하루 중 어느 정도 나를 위한 충전시간이 꼭 필요했다. 아이와 함께 있는 동안 재충전은 불가능하니까. 충전할 방법일랑 달리 없다. 아무것도 하지 않고 누워서 쉬는 수밖에.

하지만 퇴원한 후 거의 열흘 동안 한여름철 장염환자 같은 생활을 했다. 환자식만 먹다가 집밥을 먹으면서 장에 탈이 난 것이다. 일주일 동안 죽만 챙겨먹었지만 익숙했던 심심한 병원밥과는 달랐던 모양이다. 병원에서 겨우 진정된 장이 탈이 나자 상황이 걷잡을 수 없을 정도로 나빠졌다.

나는 녀석과 아내가 깰까봐 거실에 잠자리를 새로 깔았다. 바닥온도가 25도인데도 심하게 떨렸다. 화장실을 수십 번 들락거려서 탈진한 때문이다. 바닥이 절절 끓도록 온도를 높였지만 소용이 없었다. 나중엔 지쳐서 바닥을 엉금엉금 기어 화장실에 가서 볼일을 보고 다시 기어서 거실로 돌아왔다. 그리스 신화 속 시시포스는 끊임없이 굴러 떨어지는 바위를 밀어올리는 벌을 받았다면, 나는 나도 모르는 큰 죄를 지어 죽을 때까지 장을 털어내야 하는 벌을 받은 것 같았다.

새벽녘이 되자 기운이 하나도 없고 너무나 고통스러웠다. 눈앞은 캄캄해지고 귀에서 윙~ 하는 소리가 계속 들렸다. '아, 사람이 이렇게 앓다가 죽는 거구나.' 하는 생각이 들었다. 내일 아침 지방신문에 대장암 환자가 화장실을 왕복하다 속옷 바람으로 죽었단 기사가 뜨는 건 아닌가 생각에 쓴웃음이 났다. 한편 누군가 지금 내게 "괜찮아?" 하고 물으며 어깨라도 툭 건드린다면 당장이라도 오열할 만큼 슬프기도 했다. 가족들은 거실 밖 사정은 전혀 모른 채 안방에서 새근거리며 잘 자고 있었다. 가족들이 나에 대한 걱정을 하지 않기를 간절히 바란 건 정작 나인데, 그들이 평화롭게 자는 모습이, 나를 더 슬프게 했다.

어느 순간 사무치게 외롭다는 생각이 들었다. 스스로 위로할 무엇이 필요했다. 안방으로 기어가서 자리에 쓰러지듯 누워 손을 뻗었다. 손끝에 아들 녀석의 손이 느껴졌다. 어느새 훌쩍 커버린 손, 녀석은 내가 집으로 돌아온 뒤로 조금씩 안정을 찾아가고 있었다. 녀석이 막 태어났을 때 처음으로 내 검지 손가락을 잡았던 때가 기억났다. 혈관마저 비칠 만큼 얇고 빨간 피부의 부드러움을 느끼는 순간 "아가, 내가 너무 나이 많은 아빠라서 미안해." 하는 말을 나도 모르게 해버렸던 기억이 났다.

　지금도 새삼 미안하다. 늙은 아빠가 아프기까지 해서 이 고사리손을 가진 아이와 더 빨리 이별을 하는 건 아닌가 하는 생각이 들어서다. 오로지 오래 사는 것만이 내 숙제다. 백 년을 살겠다고 그렇게 다짐했는데, 지금은 죽을지도 모른다며 걱정만 하고 있다. 스스로 너무나 한심스러웠다.

　그 후 신새벽까지 몇 번을 더 왕복했을까. 화장실과 안방 중간 어디쯤에서 엎어져 잠이 들고 말았다.

사지가 묶인 채 주위를 둘러봤다. 의사와 간호사들은 어떤 긴장도 없이 일사분란하게 수술 준비로 여념이 없었다. 엊그제 이 수술실에서 누군가는 사망 진단을 받았을 테고, 또 누군가는 천신만고 끝에 눈을 뜨며 다시 살아났을 것이다. 오늘 내가 이 수술실을 나가는 방법이 두 가지라면, 난 후자가 되고 싶었다.

지셴린, 허유영 옮김, 〈병상잡기〉, 뮤진트리, 2010
수술을 앞둔 환자에게 이 책보다 나은 병실 친구가 또 있을까 싶었다.

김혜남, 〈오늘 내가 사는 게 재미있는 이유〉, 갤리온, 2015
15년간 파킨슨병을 앓으면서 깨달은 것을 잔잔하게 써내려간 정신과
의사의 책.

김정운, 〈가끔은 격하게 외로워야 한다〉, 21세기북스, 2015
"하찮은 동물도 몸에 작은 상처가 생기면 그렇게 끝까지 외로운 시간
을 보냅니다."

신순규, 〈눈 감으면 보이는 것들〉, 판미동, 2015
내겐 선배가 필요했다. 평범하지 않은, 그리고 나보다 더 좋지 않은 상
태에도 잘 살아가는 그런 선배가!

알랭 드 보통, 정영목 옮김, 〈불안〉, 은행나무, 2011
'살아가는 것'과 '죽어가는 것'이 묘하게 섞여 있는 게 삶이라면, 제대
로 살기만 한다면 둘 모두를 충족시킬 수 있겠다는 생각이 들었다.

기타노 다케시, 양수현 옮김, 〈죽기 위해 사는 법〉, 씨네21북스, 2009
풀방구리에 쥐 드나들 듯 똥을 싸러 화장실을 드나드는 처지가 되었다
해도 그게 '지금의 나'인 것을 뭐 어쩔 거냔 말이다. 오늘의 나를 온전
히 인정하고 받아들일 것!

최인호, 〈인연〉, 랜덤하우스 코리아, 2010
엄마가 없는 그 빈자리에서 마음이 또 툭 꺾인다.

통원
치료

누군가 곁이
필요한 시간

퇴원 후, 무엇이든 먹는 게 두려울 정도로 화장실 드나들기를 계속하고 있다. 매일 휴지 두세 통을 혼자서 쓰고 있는 것 같다. 헐어서 따갑고 아프던 항문은 '학습화된 고통'으로 무기력해져서 아무런 감각이 없을 정도가 되었다. 대신 엉덩이를 대고 어디에도 앉을 수가 없어서 되도록 서 있다 보니 저녁 무렵엔 다리가 붓고 끊어질 듯 아팠다. 그래서 외출할 때는 치질 환자들이 사용하는 도넛처럼 구멍 뚫린 방석을 꼭 가방 속에 챙기기 시작했다.

나는 변했지만 일상은 아프기 전과 크게 다르지 않았다. 이른 아침이 되면 제시간에 일어나 간단한 아침식사를 준비해서 녀석을 유치원에 보내고 아내를 출근시켰다. 오후가 되면 유

치원에서 돌아온 녀석과 함께 마트에 가서 저녁 장을 보고 우
유를 사서 돌아와 저녁식사를 준비했다. 아프기 전과 차이가
있다면 잠이 부족해서 항상 피곤하고, 틈만 나면 화장실을 가
고 그 숫자만큼 손을 씻고, 예전보다 더 자주 화장실 청소를
한다는 정도다. 아, 몇 시일지 모를 깊은 밤이 되면 나는 또 엉
덩이를 들고 지쳐서 잠이 들 것이다.

하지만 대장암 발병으로 인해 난 하루를 어떻게 보내는 것
이 알차고 행복한 것인지 깊이 생각하게 되었다. '범사에 감사
하라.'고 성경에 쓰여 있다. SNS를 보면 누구는 책을 내고, 누
구는 강연을 하고, 누구는 어디를 놀러 가고, 하는 것을 들여
다보고 있으면 문득 '나는 뭔가?' 하고 초라한 나를 발견한다.
하지만 얼마 전까지만 해도 살아 있기만을 바랐던 나를 깨닫
고 지금은, 오늘을 보낼 수 있음에 감사해하려고 노력한다.

어느 앵커가 멋진 말을 했다. "인생 뭐 있어? 월세 아니면 전
세?" 또 누군가는 "비교하는 순간 지는 거"라고 말했다. 남과
비교하지 말고 온전히 나만 들여다봐야 내가 제대로 보인다.
정말이지 난 지금 살아 있다는 사실에 감사하다. 더이상 기분
나쁘리만치 하얗게 회벽칠 된 병원에 입원해 있지도 않고, 링
거병 없이 자유롭게 돌아다닐 수도 있다. 또한 표백제에 닳아
빠진 환자복이 아닌 평상복 차림이고, 항암제로 발이 퉁퉁 부

어서 운동화 뒤축을 구겨 신을망정 슬리퍼를 질질 끌고 다니지도 않는다. 무엇보다 가족과 함께 생활하고 있지 않은가. '그럼 된 거지, 뭐.' 불과 한 달 전에 비해 난 '충분히 행복하다.'고 할 만하다.

순간순간 힘겹고 고통스럽게 느껴질 때마다 어린아이가 무릎이 아프다고 밤새워 괴로워하면서 우는 건 키가 크는 변태(變態)의 과정인 것처럼, 나 역시 없어진 대장 길이만큼 새롭게 자라려면 그만큼 아프고 괴로운 거라고 스스로를 다독인다. '병자(病者)와 환자(患者)'는 엄연히 다르다. 한 달 전만 하더라도 병을 키우고 있던 병자였다면 지금은 만 분의 일만큼 매일 나아지고 있는 환자가 아니던가. 병이 낫고 있다면 이까짓 고통쯤 달게 받아야 하는 게 아닌가 생각했다.

췌장암으로 사망한 애플의 창업자 스티브 잡스는 2005년 스탠퍼드대학교 졸업식 연설에서 이렇게 말했다.

당신에게 주어진 시간은 한정되어 있습니다. 그러니 다른 사람의 삶을 사느라 시간을 낭비하지 마십시오. 다른 사람의 시끄러운 의견이 당신의 마음속 목소리를 침범하지 못하게 하세요. 용기를 내어 마음과 직관을 따르는 것이야말로 가장 중요합니다. 마음과 직관은 이미 당신이 무엇을 진정으로 하고 싶어 하는

지 알고 있습니다. 그 외의 나머지는 모두 부차적인 것들입니다.

 죽음을 인식하면 본질만 남는다는 잡스의 말처럼 매일 반복되는 괴롭고 힘든 회복 과정을 겪다 보면 이제껏 중요하게 생각했던 세상의 것들이 사실은 별것 아니었음을 깨닫는다. 신기하게도 환자가 되면 큰 바람도 없어진다. 그저 아프지 말고 예전 아프지 않을 때처럼 활기차게 생활했으면 하는 바람, 그거 하나뿐이다. 그래서 지금 괴롭고 아픈 건 역설적으로 작은 행복의 원인이 된다. 레프 톨스토이도 〈살아갈 날들을 위한 공부〉 중 '고통과 실패에서 배우다'라는 글에서 인간은 고통 속에서 거듭난다며 이렇게 썼다.

 인간에게는 고통과 병이 필요하다.
 인간은 고통을 이해하면서
 육체가 일시적인 존재에 불과하다는 것을 깨닫는다.
 고통과 실패가 없다면 기쁨, 행복, 성공을
 무엇과 비교하겠는가.

 인간은 작은 문제들로 균형을 잃는다.
 반대로 커다란 문제는

인간을 영혼의 삶으로 인도한다.

(살아갈 날들을 위한 공부, 42쪽)

하지만 육체적으로 환자인 내가 마치 아무 일도 없었다는 듯 하루를 살아가기는 너무 힘든 게 현실이다. 내색하기 싫지만, 무슨 일을 하기만 하면 힘겨운 한숨을 푹푹 쉬고 있는 나를 발견한다. 그럴 때면 많이 초라해진다.

그 중 가장 힘든 건 외로움이다. 가족들이 걱정하고 힘들어할까 봐 속으로 끙끙 앓는 한이 있더라도 겉으로는 아무렇지 않은 듯 생활하자고 퇴원할 때부터 다짐한 건 나였다. 그래서 내 아픔을 온전히 알 리 없는 가족들이 자신의 하루에 충실한 모습을 보면, 또 그게 서운하다. 어쩌면 당연한 이 사실에, 때론 서운함을 참을 수가 없어서 서럽기까지 하다. 그때마다 '결국 나 혼자란 말인가.' 하는 생각에 외로움이 훅~하고 다가온다.

어느 깊은 밤이었다. 그날도 벌써 스무 번 정도 화장실을 들락거린 후 홀로 거실에 자리를 깔고 누워 앓고 있었다. 썰물로 드러난 뻘 속으로 발이 푸욱~빠지듯 정신이 아득해지면서 베갯속으로 점점 빠져들었다. '아, 이런 게 의식을 잃는 거구나.' 느껴졌다. 겁이 덜컥 났다. 안방에서 자고 있을 아내에게 나를 좀 봐달라는 생각에 '끙끙'거리며 앓는 소리를 크게 냈다. 몇

분 동안 기침을 하고 크게 앓는 소리를 냈지만 묵묵부답이었다. '나의 아픔에 이토록 무심할 수 있을까?' 아내가 한없이 야속했고, 죽고 싶을 만큼 외로웠다.

몇 시간 후 어김없이 찾아온 아침, 출근하는 아내와 유치원에 가는 녀석을 배웅하느라 바쁜 한 시간이 지나고 또다시 혼자가 되었다. '나는 왜 이토록 외로워하는 걸까?' 하고 고민하기 시작했다. 그리고 그 답을 안 건 그리 오래 걸리지 않았다. 나는 지금 '위로'가 필요했다.

내게 부모라도 있다면 투정이라도 할 텐데, 두 분 모두 이 세상에 없다. 게다가 나는 남들처럼 그 많은 형도, 누나도 없는 맏이다. "어제는 힘들지 않게 좀 잤어? 간밤에 얼마나 힘들었니?" 하는 위로가 절실한데 딱히 말해줄 사람이 없는 게 나를 사무치게 외롭게 한다.

그렇다고 아내에게 투정할 수도 없는 일이다. 아내 역시 밥벌이와 함께 환자와 아이를 돌보며 버티듯 힘들게 하루를 살아가는 걸 잘 알고 있기 때문이다. 사실, 내가 아픈 후 아내야말로 찬밥 신세다. 남편이 환자가 된 후 자신이 받고 있는 고통과 슬픔을 어찌해 볼 시간도 없이 온전히 힘든 나날을 작은 어깨로 홀로 떠맡고 있었다. 암과 싸우고 있는 건 나뿐 아니라 가족 전체였다.

진심 어린 위로,
그거 하나면 돼

자기 연민에서 비롯된 환자의 외로움을 극복하지 못하고 있
던 나는 문득 '어, 이 상황이 어디선가 본 듯 들은 듯한데?' 하
는 기시감(旣視感)이 들었다. '아픈 중년 남성의 독백'을 찾아
서재로 갔다. 한참 만에 찾아낸 주인공은 〈이반 일리치의 죽
음〉(문예출판사)의 '이반 일리치'였다.

　〈이반 일리치의 죽음〉은 평생에 걸쳐 삶과 죽음, 사랑과 고
통, 선과 악이라는 문제에 천착해 작품을 쓴 러시아의 문호 레
프 톨스토이의 중편소설이다. 제정 러시아 시대 항소법원 판
사인 이반 일리치는 좋은 직업과 직책에 어울리는 근사한 집,
우울한 일과 가정 대신 화려한 상류사회와 사치로 위안을 받
고 살았다. 특히 카드놀이를 진정한 기쁨으로 여기고 즐기며

사는 속물 관리였다. 그는 어느 날 집수리를 위해 커튼을 달다가 뜻하지 않게 떨어져 왼쪽 옆구리에 부상을 입은 후 상태가 점점 악화되어 급기야 자리에 누워 일어날 수 없는 지경에 이른다.

옆구리 통증은 나날이 심해지는데, 의사는 뚜렷한 병명을 찾지 못한 채 '곧 나을 것'이라 장담하고, 가족과 지인들은 '괜찮아질 것'이라며 거짓으로 위로한다. 하지만 이반 일리치는 그 누구도 진심으로 자신을 안타까워하지 않는다고 생각했다. 한때 잘나가던 고급관리가 병상에 누워 할 수 있는 일이란 그저 죽음을 바라보며 두려움에 몸서리칠 뿐, 그를 진심으로 걱정하는 사람은 곁에서 자신을 수발하는 하인 게라심뿐이었다.

이반 일리치는 누구 하나 그가 바라는 만큼 마음 아파해 주지 않는다는 것이 몹시도 괴로웠다. 어떤 때 오랫동안 통증에 시달리고 나면, 이런 고백하기 부끄럽긴 하지만, 누군가 자신을 아픈 어린아이 보듯 가엾게 여겨주었으면 좋겠다는 마음이 들기도 했다. 아이를 안고 달래듯 다정하게 다독여주고 입 맞춰주고 자신을 위해 울어주길 바랐다. 중요한 자리에 있는 관리인 데다 수염까지 하얗게 센 사람이 바랄 수 있는 일이 아니란 걸 이반 일리치 자신도 잘 알고 있었지만, 그래도 자꾸만 그런 생각이 들었

[통원치료]

다. 그런데 게라심과의 관계에는 이런 바람을 충족해 주는 뭔가가 있었고, 그래서 그와 있으면 위로가 되었다. 이반 일리치는 흐느껴 울고 싶었고, 누군가 그런 자신을 달래며 같이 있어주길 바랐다."

(이반 일리치의 죽음, 72쪽)

나는 이 대목을 찾아 읽으며 마치 찾아 헤매던 동지를 만난 듯 이반 일리치에게 격하게 공감했다. '그래, 내 말이 바로 그 거야! 난 지금 어린아이처럼 아프다고 마음껏 칭얼대고 울고 싶어. 그리고 그런 나를 보면서 가엾게 여겨주고 다정하게 다독여주며 함께 우는 누군가가 내 옆에 있는 것이 절실히 필요해. 그런데 내 옆엔 아무도 없다고. 그래서 그럴 수가 없다고!'

나는 한참 동안 숨죽여 울었다.

위대한 고전 〈이반 일리치의 죽음〉은 인생에서 정말 소중한 건 인간관계임을 알려준다. 정말 행복한 사람은 '내가 사랑하는 사람에게 사랑받는 사람'이라 했던가? 내가 곤란하고 위험에 처해 있을 때 나를 걱정해 주는 사람들을 주변에 두고 있다면 훌륭한 인생을 살고 있다고 말하고 있었다.

아프고 난 후 나는 외로움이란 단어로는 부족한 절체절명의 무언가를 느끼고 있었다. 부모 없는 어린아이와 자식 없는 늙은이처럼 '세상에 홀로 떨어져 있는 듯 뼛속까지 외롭고 헛헛하고 쓸쓸한 상태', 그건 극심한 고독(孤獨)이었다. 전에는 절대 경험해 보지 못한 이 고독감은 환자만이 느낄 수 있는 매우 특별한 감정일 것이다.

군이 설명하자면 '최고조에 이른 자격지심'이랄까? 평소 같았으면 아무 생각 없이 했을 법한 말도 환자가 된 이후에는 무척 조심스러워졌다. '내가 환자라서 그런 생각이 드는 건 아닐까?' 하는 자기검열 때문이다. 반대로 누군가 내게 말을 건네면 '내가 암환자라고 그런 소릴 하는 건가?' 하고 한 번 꺾어서 듣는다.

어떤 상황에 무슨 말을 하든 내 말 앞에는 '암환자 주제에 할 말인지는 모르겠지만…' 하는 말이 생략된 듯했다. 게다가 더 처참한 건 내가 무슨 말을 했건 '상대가 내 말에 뭐라고 생각할까?' 하고 상대의 눈치를 잔뜩 살피고 있다는 것이다. 그러니 온전히 내 마음을 전할 리 없고 상대의 마음을 온전히 수용할 리 없다.

상대가 그런 뜻으로 말했을 리 절대 없고, 내가 그런 뜻으로 받아들이면 결코 안 된다는 걸 내가 잘 안다고 생각하는 내가 더 어처구니없다. 그러면서도 이런 생각을 반복하고 있으니 이 무슨 개떡 같은 경우가 다 있을까 싶다. 이런 지경이니 그

[통원치료]

누구와 공감할 수 있단 말인가.

하지만 이반 일리치의 독백을 다시 만나고 울며 읽으면서 가슴 언저리에 콱 박혀 있던 체증 같은 무엇이 사르르 풀리는 기분이 들어 "휴우~" 하고 깊은 한숨을 내쉬었다. '이런 고독감이 나 혼자만 그런 게 아니었구나. 만약 이게 정신병이라면 이반 일리치와 난, 같은 마음의 병을 앓고 있었구나.' 하는 안도감에 내 몸이 1도 더 따뜻해졌다. 그건 환자만이 느낄 수 있는 환자의 진심 어린 위로였다.

연옥의 입구,
항암치료

글 잘 쓰는 광고인 박웅현은 "나는 매일을 개처럼 살아요."라며 어느 인터뷰에서 말했다. '개는 밥을 먹으면서 어제의 공놀이를 후회하지 않고 잠을 자면서 내일의 꼬리치기를 미리 걱정하지 않는다.'면서.

개들은 잘 때 죽은 듯 잡니다. 눈을 뜨면 해가 떠 있는 사실에 놀라요. 밥을 먹을 때에는 '세상에나! 나에게 밥이 있다니!' 하고 먹습니다. 산책을 나가면 온 세상을 가진 듯 뛰어다녀요. 그리고 집에 돌아오면 다시 자요. 그리고 다시 눈을 뜨죠. '우아, 해가 떠 있어!' 다시 놀라는 겁니다. 그 원형의 시간 속에서 행복을 보는 겁니다.

(여덟 단어, 134쪽)

개는 날마다 오늘이 첫날이고 마지막 날인 것처럼 산다. 잠깐의 공놀이에 목숨을 걸고 저녁이면 한 시간 전부터 퇴근하는 주인의 발걸음에 온 신경을 다 쏟는 것도 단 몇 초 동안이지만 주인을 마음껏 반기고 싶기 때문이다. 매일 반복되는 지긋지긋할 것 같은 개의 하루가 행복할 수 있는 건 그 이유 때문이다. 개는 단순 무식한 게 아니라 순간에 집중하며 살고 있는 것이다.

세계적인 소설가 밀란 쿤데라도 자신의 소설 〈참을 수 없는 존재의 가벼움〉에서 "인간의 시간은 원형으로 돌지 않고 직선으로 나아간다. 행복은 반복의 욕구이기에, 인간이 행복할 수 없는 것도 이런 이유 때문이다."라고 말했다. 박웅현과 밀란 쿤데라의 말처럼 개의 시간은 원형이라 행복하기 쉬운 반면, 인간의 시간은 직선형이라 후회를 반복하며 불행해한다. 묘하게 말이 된다.

그렇다면 요즘의 나는 '개'에 가깝다. 퇴원 후 나는 3주 동안 개처럼 살았다. 아침에 눈뜰 때마다 내가 병원이 아닌 집에 있다는 것이 기뻤고, 가족과 함께 아침을 맞이하고 밤마다 가족과 함께 잠자리에 들 수 있어서 감사했다. 수술 후유증으로 매일 고통스러웠지만 이 고통 역시 0.1퍼센트씩 나아지고 있는 증거라고 믿으니 그나마 견딜 만했다. 계산대로라면 1,000일

후면 100퍼센트 나아질 테니까. 하지만 이런 평온한 행복도 오래가지 못했다. 퇴원 후 3주 만에 항암치료를 시작했기 때문이다.

나는 화학치료 요법을 받기 전 의사에게서 '항암치료의 부작용'에 대해 듣다가 단도직입적으로 물었다. "선생님, 항암치료를 받으면 머리카락이 빠지나요?" 세상에, 항암제를 먹고 일어나는 구토라든지 식욕부진 등 더 직접적인 부작용이 있을 텐데, 탈모를 먼저 걱정하다니···. 질문하면서도 스스로에게 의아했지만, 그건 내게 무척 중요한 문제였다.

우선 가족을 생각해서는 퇴원 후 화학치료를 받는 동안 전혀 아프지 않은 듯 녀석을 돌보고 가족을 챙기고 싶었다. 그러려면 주위 사람들은 물론 갓 여섯 살이 된 녀석이 내게 일어난 변화를 감지하지 못해야 했다. 그래서 개인적으로는 항암치료에 대한 공포도 무섭지만 탈모로 인한 심리적 타격에 대한 공포가 더 두려웠다. 다행히 의사는 내가 처방받는 약에 탈모의 부작용은 없다고 했다. 항암치료는 3주마다 하루씩 통원하며 치료를 받을 거라고 덧붙였다. 몇 년 전만 하더라도 며칠씩 입원해서 항암치료를 받았다고 했다. 불행 중 다행이었다.

항암치료는 전신에 퍼져 있는 암세포에 항암제를 투여해 암세포를 죽이거나 더이상 성장하지 못하도록 통제하는 치료법이다. 쉽게 말해 내 몸 전체에 있을지도 모를 암세포를 죽이기 위해 또 다른 독약을 몸속에 집어넣는다는 뜻이다.

문제는 항암제가 암세포의 성장과 분열이 빠르다는 점을 감안해서 만든 탓에 주로 빨리 자라는 세포 모두를 죽인다는 점이다. 그래서 원래 빨리 증식하던 정상세포들도 항암제 때문에 죽는데, 그로 인해 부작용이 너무나 괴롭고 힘들어서 암 재발의 위험에도 불구하고 항암치료를 중단하는 환자가 적지 않다는 말을 들었다.

먼저 백혈병을 앓았던 지인이 항암치료에 대해 이야기하며 이런 조언을 했다. "죽지 않을 만큼 독약을 넣어서 암세포를 죽이는 게 항암이야. 그러니까 난생처음 겪어보는 통증은 어쩌면 당연히 죽을 만큼 힘들 거야. 하지만 걱정은 하지 마. 절대 죽지 않을 테니까." 독을 잡는 더 독한 독을 몸뚱이에 집어넣으러 가기 전날 밤 잠이 쉽게 들 리 없었다.

이른 아침 D대학병원을 다시 찾았다. 불과 3주 전까지 꽤 오랫동안 입원했던 곳인데도 정떨어질 만큼 낯설었다. 끊은 지 10년 된 담배가 갑자기 피우고 싶을 만큼. 병원 정문 입구에서 잠시 머뭇거리다 들어갔다. 수납을 마치고 혈액검사실로 들어가 피를 뽑아 가운뎃손가락만한 병 세 통이나 채웠다. 항암제를 견디려면 혈액 내 백혈구나 혈소판 수치가 적당히 많아야 해서 이를 확인하기 위한 검사라 피가 많이 필요하다고 의사가 말했다. 만약 그 수치가 부족하면 항암제의 용량을 확 줄이거나 항암치료가 아예 연기될 수 있다는 말도 덧붙였다. 이 병은 정말, 무엇 하나 쉬운 게 없다.

혈액검사 결과가 나올 때까지 식사를 해도 된다고 했지만, 허기는커녕 입맛도 없었다. 애먼 생수만 들이키며 물배를 채웠다. 병원 이곳저곳을 돌아다니며 검사결과를 기다리기 세 시간, 다행히 백혈구와 혈소판 수치는 충분하다고 했다. 항암제 주사를 맞으러 중앙 주사실로 향했다. 중앙 주사실은 입원을 하지 않은 외래환자들이 장시간 동안 주사를 맞을 수 있도록 만든 방인데, 천막만 없지 영화에서 보던 야전병원과 별 다를 바 없었다. 꽤 넓은 방에 서른 개는 충분히 넘는 병상이 줄을 맞춰 환자를 기다리고 있었다.

크레바스 속으로

주사를 맞고 있는 사람들은 열 명 남짓, 내 몸 뉘일 곳은 어디
인가? 링거를 단 채 빨간 털모자를 쓰고 뜨개질로 털조끼의
꽈배기 모양내기에 여념이 없는 아주머니와 에어팟으로 귀를
틀어막은 채 눈을 질끈 감고 그루브를 타고 있는 청년의 틈으
로 들어가 앉았다.

간호사는 내 이름을 확인할 때와는 달리 정말 위험한 독극
물을 다루는 것처럼 마스크와 장갑으로 완전무장을 한 채 커
다란 주사액을 가지고 왔다. 간호사도 나도 잔뜩 긴장하고 있
었다.

항암주사액은 암막커튼처럼 새까맣고 튼튼한 비닐봉지에
숨겨져 있었다. 정확한 이유는 모르겠지만 항암제가 햇빛에

노출되면 안 되기 때문이라고 했다. 링거대에 걸린 아직 정체를 들킨 적 없는 약물 덕분에 '이 주사를 맞고 있는 사람은 암환자라우.' 하며 자랑하는 것 같았다.

약물을 듬뿍 머금고 있는 주사에 내 팔을 내주었다. 바늘이 뿌욱~ 소리를 내며 피부를 찌르고 들어갔다. 링거줄을 따라 흐른 주사액이 내 팔 혈관에 닿자마자 전기에 감전된 듯 저릿거리기 시작했다. 혈관을 타고 온몸에 조금씩 조금씩 전해지는 느낌과 속도를 모두 느낄 수 있을 만큼 항암제는 비중이 무거웠다. 젠장맞을, 이 나이를 먹도록 이런 느낌의 주사는 정말 처음이었다.

옆으로 누워 주사를 맞다가 눈을 떠보니 여전히 눈을 감고 일정하게 고개를 끄덕이며 음악을 듣는 청년이 보였다. 귀 옆으로 빠른 비트가 흘러나오고 있었다. 검은색 모자를 눌러쓴 청년의 뒤통수는 파랬다. '이 친구는 병명이 뭘까, 몇 기일까. 젊은이가 참 안됐다.' 생각했다.

자세를 바꿔 천장을 보고 누웠을 때였다. "아이고~ 처음 주사를 맞나 본데, 젊은 사람이 어쩌다 암에 걸렸대? 상태가 많이 안 좋아 보이는구먼. 쯧쯧~" 빨간 털모자 쓴 창백한 아줌마가 뜨개질바늘로 등을 긁다가 나를 보고 혀를 끌끌 찼다. 원래 고속도로에서 내 차보다 빨리 지나가는 차 운전자는 죄다

미친놈이고, 뒤처지는 차 운전자는 죄다 겁쟁이로 보이는 법
이다. 하지만 환자의 경우는 정반대다. 환자 가운데 내가 제일
멀쩡해 보인다. 그 마음을 잘 알기에 '네에' 하고 메마른 대답
을 했다.

항암제는 1초에 한 방울씩 똑똑 떨어졌다. 빠르게 맞으면
주사를 다 맞은 후 혈관통으로 며칠을 고생한다며 특히 처음
항암치료를 하는 거라 오래 맞아야 하니 잠이라도 자라고 간
호사가 말했다. 그 말을 듣자 갑자기 허기가 졌다. '진즉 말하
지…, 빵이라도 하나 먹을걸.' 시간이 흐를수록 점차 팔 감각이
무뎌지고 있었다. 항암제가 아니라 수은을 넣은 게 틀림없다
고 의심할 만큼 온몸에 전해지는 그 무게감에 어깨마저 처져
서 팔을 들 수 없었다.

링거대에 매달린 항암주사액이 똑똑 떨어져서 나의 정맥으
로 들어갔다. 초침이 '똑딱' 움직이면 항암제 한 방울이 '똑' 떨
어졌다. 내 신경도 한 가닥씩 항암제 방울을 따라 뚝뚝 끊어지
고 있었다. 이렇게 다섯 시간을 누워 있어야 했다. '삶과 등을
맞대고 있는 그림자가 죽음이다.'라는 말이 생각났다. 항암제
를 맞으면 죽어가는 시간을 좀더 더디게 할 수 있다기에 내 몸
을 내맡기는 것일 뿐, 항암치료는 정말이지 못할 짓이다. 항암
제가 한 방울씩 내 몸을 적실 때마다 나는 조금씩 취해가고 있

었다.

　절대 줄지 않을 것 같았던 항암주사액이 바닥을 보이자 간호사는 조심스럽게 내 팔에서 바늘을 뽑고 반창고를 붙였다. 오른쪽 팔은 더이상 내 것이 아닌 듯 천근만근 무겁게 지쳐 있었다. 보기엔 멀쩡한데 손가락마다 끝이 부어오르고 한쪽 팔은 후끈하게 열기가 뻗쳤다. 이러다 팔에 불붙는 건 아닌지 몰라. 처음 맡아보는 쓰디쓴 약 냄새가 온몸을 맴돌며 진동을 했다. 고개를 들자 시야 가장자리가 침침해지기 시작했고, 속이 울렁거렸다. 병상을 내려오자 신발을 신을 수 없을 만큼 병실이 핑핑 돌았다. 나는 누군가 '땅' 하고 불러주기를 기다리기라도 하듯 한동안 '얼음' 상태로 침대를 잡고 서서 버텼다.

　처방전을 받아 병원을 나오자마자 찬바람에 얼굴과 손이 마치 쥐가 난 것처럼 무척 간지러웠다. 주위의 시선을 잊고 길거리에 서서 한참 동안 원숭이가 세수를 하듯 두 손으로 얼굴을 긁고 만지작거렸다. 항암제가 말초신경까지 퍼져서 혈관이 극도로 예민해진 때문이란 걸 경구용 항암제를 받으러 간 약국에서 알았다. 온몸에서 나는 약 냄새도 그 때문이란다. 한동안 아주 약하게 부는 겨울바람도 토네이도처럼 강하고 춥게 느껴질 거라며 추위에 주의하라고 약사가 말했다. 한여름에도 암 환자들이 마스크를 쓰는 이유를 이제야 알겠다. 항암제를 아름드리 받아 약국을 나올 때 나도 방한모와 마스크를 구입해서 썼다.

항암치료를 받으러 병원에 올 때 운전을 하지 말라는 이유가 있었다. 수면 위내시경을 한 직후 마취가 덜 깬 사람처럼 집중력은 현저히 떨어지고 술에 만취한 사람처럼 비틀거렸다. 택시를 탔다. 빈속에 항암제를 맞아서인지 구토가 일어나 1킬로미터도 못 가 택시에서 내려야 했다. 다시 택시를 탈 자신이 없어 지하철을 타기로 했다. 두 손으로 연신 얼굴을 닦으며 20여 분을 걸어 지하철을 탔다.

지하철 안은 하나도 덥지 않은데 온몸에서 비 오듯 땀이 흘러내렸다. 정신은 혼미하고 울렁거림이 계속되었다. 속을 진정시키기 위해 두세 정거장씩 내렸다 탔다를 반복했다. 집까지 한 시간 남짓 걸릴 지하철이 부산에서 서울 가는 무궁화호처럼 멀게만 느껴졌다. 지하철이 달리는 동안 천근짜리 무쇠덩어리를 양어깨에 짊어진 것 같은 중력감이 다리로 전해졌다. 나는 결국 버티고 서 있기가 힘들어 기둥에 기대어 '후욱~ 후욱~' 버티듯 숨을 뱉어내며 어디든 앉을 곳을 찾았다. 혹시라도 자리가 나면 염치불구하고 장애인석, 노인석 가릴 것 없이 일단 앉고 볼 심산이었다. 하지만 퇴근시간에 자리가 있을 리 만무했다.

식은땀에 등은 이미 흠뻑 젖었고, 지하철 천장은 계속해서 뱅뱅 돌았다. 그냥 정신 놓고 바닥에 다리를 쭉 펴고 누워서 집까지 갔으면 딱 좋겠다. 하지만 언감생심, 그럴 수는 없었다.

지하철 폴대를 부둥켜안고 '다음 항암치료 때는 엠뷸런스를 불러 타고 집에 가야 하나, 지금쯤 녀석은 유치원에서 돌아와 나를 기다리고 있겠지, 오늘 저녁은 뭘 먹여야 하나?' 하고 딴 생각을 하며 정신을 놓치지 않으려 노력했다. 비틀거리며 한참을 걷고 걸어 집에 도착했다. 나는 현관문을 열자마자 복도에 엎어졌다. 식은땀은 멈추지 않았다. 넘어지며 쏟아진 약봉투를 주워 담고 싶었지만 일어나기는커녕 손가락 하나 까딱할 수 없었다. 나는 엎어진 채 거실 바닥을 뚫고 끝이 안 보이는 시커먼 크레바스 속으로 가라앉고 있었다. 너무 무서웠다.

타조의 위기탈출법

세 번째 항암치료를 받고 지하철을 타고 집으로 돌아오던 길이었다. 그날도 바닥에 털썩 주저앉고 싶을 만큼 어지럽고 힘들어서 때마침 보이는 빈자리에 앉아버렸다. 두 정거장 정도를 지났을까. 고개를 숙이고 끙끙 앓고 있을 때, 어느 노인이 내 앞에 서서는 거친 경상도 사투리로 모든 사람이 들을 만큼 큰소리로 말했다.

"경로석에 말이야, 젊은 놈이 타고 있으모 늙은 내는 어디 앉으란 말이고, 으이?"

대낮인데도 노인에게서 술냄새가 풍겼다. 자는 척 못 들은 체했다. 하지만 노인은 내게 당장 일어서라는 듯 계속 큰소리로 투덜댔다. 한참을 듣다가 나는 조용히 일어섰다. 한 손은

지하철 손잡이를 잡고 다른 한 손으로 셔츠 단추를 풀고 러닝
셔츠를 걷어올려 아직 아물지 않은 수술자국을 보여주며 낮술
에 불콰해진 노인에게 조용히 말했다.

"아저씨, 내가 꽤 건강해 보인다는 걸 나도 알아. 그런데 나
지금 암환자야. 잘못하면 아저씨보다 내가 더 먼저 죽을지 몰
라. 그러니까 그만하고 서로 갈 길 갑시다."

배꼽 주위로 난 15센티미터 정도의 칼자국과 사방에 막 새
살이 돋고 있는 시뻘건 구멍의 수술 부위를 본 노인은 할 말을
잃은 듯 잠시 주춤대다 조용히 다른 칸으로 건너갔다. 순간 사
위가 조용해졌다. 난 털썩 주저앉아 눈을 질끈 감고 공포에 질
린 타조가 숨듯 고개를 숙였다. '안 보이면 없는 거니까.' 하고
타조 대가리에서나 나올 법한 생각을 했다. '괜찮아, 난 정말
많이 아프니까. 어쩔 수 없잖아.'

편안함 때문일까, 조용해진 덕분일까. 두 눈에 눈물이 주루
룩 흘러내렸다.

다가올 고통을
기다리는 마음

항암치료는 아무리 많이 받는다 해도 결코 익숙해질 수 없을 것 같다. 항암제라는 약물 때문이다. 묵직한 기운으로 혈관을 타고 서서히 내려가는 항암제의 느낌은 어떤 생물이 혈관 속에서 꿈틀대는 것 같다. 불길하고 차가운 통증이 팔에서 가슴 쪽으로 퍼지면 곧이어 오염된 혈관이 통증을 호소하며 온몸에 격렬한 반응을 일으킨다. 모골이 송연해지는 소름도 함께 돋는다.

가슴에서 아래로 아래로 혈관을 타고 내려간 항암제는 발끝에 이르면 마치 특급열차를 탄 듯 척수를 타고 빠르게 위로 올라가 머리에 전달된다. 약물에 취한 뇌가 헤롱거리기 시작하면 시야는 흐려지고 번져서 책 읽기가 힘들고, 둔화된 청각은 귀마개를 꽂은 듯 웅얼거려서 음악조차 제대로 들을 수 없게 된다. 멍해져서 무엇 하나에 집중할 수 없는 상태, 몽롱하지만 짜증나는, 더러운 기분. 항암치료를 받는 몇 시간은 오히려 죽음이 더 가깝게 느껴진다.

항암제를 맞고 집에 돌아오면 일단 뻗는다. 온몸이 식은땀으로 범벅이 되었지만, 아무것도 하지 못하고 그냥 가만히 누워서 쉬어야 한다. 그러다 잠이 들 때도 있는데, 가장 안타까운 순간은 녀석과 함께 있을 때 내가 약에 취해 쓰러지는 때이다. 아내가 올 때까지는 어떻게든 맨 정신으로 참아보려고 진한 커피를 마셔봤지만, 항암치료를 받는 여덟 번 중 두어 번은 아내가 도착하기 전에 쓰러진 것 같다. 빵과 우유를 마시며 유튜브를 보던 여섯 살짜리 녀석이 의식을 잃은 나를 흔들어 깨워보려 했지만 난 일어나지 못한 채 끙끙 앓고 있었다. 1시간 정도 후 아내가 퇴근해 돌아왔을 때 녀석이 아빠가 죽었다며 펑펑 울고 있었다고 했다.

아내는 내가 제일 힘들어하는 항암치료 직후 3일 동안만이라도 가사도우미를 쓰자고 설득했지만 난 거절했다. 누군가에게 살림을 맡긴다는 게 돈만 있다고 해서 되는 게 아니다. 남에게 일을 시켜본 사람이 또 일을 시킬 수 있다는 말처럼, 나처럼 남에게 일을 시켜본 적이 없는 사람은 남에게 일을 시키는 게 오히려 더 스트레스를 받는다. 환자를 쉬게 할 '돈과 노동력의 맞교환'이란 건 익히 이해하지만, 현장에서의 업무와 내 공간 속에서의 가사는 엄연히 다르게 느껴진다. 그 사람이 나 같고 내 엄마 같아서 잘 시키질 못한다. 솔직히 남이 내 공간에서 일하는 모습을 지켜보기가 힘들다. '그냥, 내가 하고 말지….'

녀석이 태어난 2년 동안 할머니를 육아도우미로 썼을 때도 마찬가지였다. 육아를 위해서 70대의 할머니를 내 집에 들였을 때 온전히 녀석에만 집중하시라고 녀석의 뒤치다꺼리, 이를테면 녀석의 방청소, 기저귀 빨래, 심지어 녀석의 식사 준비까지 내가 도맡아했다. 이런 강박이 결국 병을 얻은 후 내 발목을 잡을 줄은 몰랐다. 남에게 아픈 내 모습을 보이기 싫었던 것도 큰 이유 중 하나이기도 했지만. 그런 점에서 난, 참 바보다.

항암주사를 맞고 난 후 거의 일주일 동안 컨디션은 딱, 내가 지렁이가 된 기분이랄까. 신발도 강철로 된 신발을 신은 듯 한 발 떼기가 힘겹고, 어깨에는 이백 근짜리 강철 조끼를 두른 것처럼 한 발자국 걸을 때마다 자꾸만 몸뚱이가 땅으로 쑥쑥 꺼지는 것 같았다. 그래서 자꾸만 눕고 싶어진다. 특히 이 기간 동안은 숨을 쉴 때마다 으응~ 으응~ 앓는 소리가 자연스럽게 나오고, 그때마다 난 쉬익~ 쉬익~ 숨 쉬며 바람 빠지는 튜브가 된다. '이러다 쪼그라들어 땅바닥에 펴질지도 몰라.' 생각하곤 했다.

특히 나를 더 힘들게 하는 건 아무렇지 않다가 갑자기 마치당 떨어진 환자 쓰러지듯 힘이 쑤욱 빠져버린다는 것이다. 그것도 외식을 하거나 쇼핑할 때라든지 녀석과 놀아주거나, 공부를 도와줄 때처럼 가족이나 누군가와 함께 있을 때 털썩 주저앉거나 아예 누워버리고 싶어진다. 이럴 때면 자괴감에 기분도 함께 확~ 우울해진다. 참을 수가 없을 때는 아무것도 아닌 일에 소리를 지르거나 악을 쓰기도 한다. 멀쩡했던 사람이갑자기 화를 내며 소리를 지르니, 남이 볼 땐 딱 미친놈이다.

한편 항암치료의 부작용 중 하나는 손발저림증이다. 항암제로 인한 말초신경병이라는데, 항암치료를 받는 동안 내 손과발은 항상 겨울이다. 하지만 내가 느끼는 손발은 8월의 한여름이다. 발바닥은 뜨겁고 건조한 모래사장을 걷는 것처럼 바스락거리며 밟힌다. 후끈거리는 발은 늘 부어 있어 신발을 제대로 신을 수가 없다. 더 가관인 건 손이다. 하루 종일 손끝에쥐가 나 있어 어느 것 하나 온전히 잡지 못한다. 설거지를 하면서 깨뜨린 그릇과 잔만 수십 개다. 이 글을 쓸 때에도 키보드로 작업하려 했지만 둔감해진 손가락 때문에 자꾸만 오타가 나서 지우고 고치는 시간이 더 들었다. 그래서 할 수 없이 작은 노트에 연필로 적어야만 했다.

또 다른 큰 부작용은 혈관통이다. 항암제라는 독극물이 지나간 얇디얇은 혈관이 뒤집어지는 증상인 혈관통은 항암주사를 맞을 때의 통증에 버금간다. 혈관통의 저릿함은 쥐가 나는 것과는 차원이 다르다. 굵은 소금을 맞은 지렁이의 처절한 꿈틀거림 같은 통증이랄까. 왜 아니겠는가, 독극물에 잠겼던 혈관들이 한동안 죽었다가 깨어나는 건데, 주사를 맞은 다음날부터 약 일주일 동안은 주사 맞은 팔을 매일 뜨거운 물에 오랜시간 담가줘야 뭉친 근육이 풀리듯 통증이 서서히 줄어든다.

혈관통을 겪을 때마다 의사가 권한 '케모포트'를 왜 하지 않았을까 후회했다. 의사는 항암주사를 계속 맞아야 하는데, 혈관통으로 고생할 테니 어깨 밑부분 가슴 쪽을 째서 굵은 혈관까지 직접 닿게 하는 케모포트를 삽입하자고 했다. 마취를 하고 뭔가 새로운 시술을 받는 게 두려워 거부했더니, 결국 혈관통에 괴로워 시름시름 앓는다. 이래저래 정말 죽을 맛이다.

그럼에도 불구하고 항암치료를 받는 동안 난 되도록 '아픈 나'보다는 '기대되는 나'로 살려고 노력했다. 디즈니랜드에서 일하는 직원들은 일을 시작하기 전에 '나는 뮤지컬 배우다.'라고 스스로에게 주문을 건다고 한다. 그리고 'staff only'라고 써진 방의 문을 나서면서부터 그들은 캐릭터 인형 속에 있든, 무용수든, 청소부든 간에 누구든 입장객 앞에서 배우처럼 행동한다. 디즈니랜드 안의 캐릭터는 캐릭터일 뿐, 그 속에 사람은 없다. 화장실, 식당, 휴식 공간 모두 무대 뒤에 철저하게 숨겨져 있다. 입장객은 '환상의 나라' 디즈니랜드를 보고 싶어 하기 때문이다.

녀석과 함께 바깥에 나오면 마치 내가 디즈니랜드의 캐릭터인 것처럼 지냈다. 호빵맨처럼 푸석하고 통통 부은 얼굴에, 끙끙 앓으며 거친 숨을 쉬고, 힘들어서 등에는 식은땀이 줄줄 흘러내려도 다른 사람들과 있을 때면 '애써 힘들지 않은 척, 별일 아닌 척' 행동했다. 마치 신병교육대에서 툭 건드리기만 해도 관등성명이 툭 튀어나왔던 훈련병처럼, 그 누구와 마주쳐도 '전 아픈 사람 아닌데요?'라고 말할 것처럼 남을 의식하며 지냈다. 무엇보다 나와 함께 있는 녀석에게 이상한 아빠로 보일까봐 두려워서였다. 그 부자연스러움을 눈치채지 못할 사람은 아무도 없었을 텐데, 사람들은 나를 보며 어떤 생각을 했을까?

고통도 잦으면 무뎌진다. 항암주사를 맞고 2주 동안 하루 세 번 항암제를 먹는다. 그 후 일주일 동안은 휴식기, 약에 취한 몸이 개운해지려 하면 또다시 항암제의 바다에 잠수할 채

비를 한다. 이렇게 3주를 한 사이클로 모두 여덟 번을, 6개월 동안 항암치료를 하는데 이제 막 다섯 번을 마쳤다. 사이클을 거듭할수록 호전된 건 없는데, 이젠 다가올 고통을 충분히 체득(體得)한 덕분인지 익숙해진 건지 모르겠지만 나름 살 만해졌다. 역시 사람이 죽으란 법은 없나 보다.

무섭도록 시린 외로움

항암의 '두려움'이 걷히니 바로 찾아오는 건 무섭도록 시린 '외로움'이다. 이 외로움은 누군가 없는 부재의 외로움이 아니라 이 세상에 나 혼자만 아픈 것 같은 억울함이 가슴에 차곡차곡 쌓이는 것 같은 울분(鬱憤)에 찬 서러운 외로움이다. 내 아픔을 짐작조차 할 수 없는 사람들이 어찌 나를 이해하겠냐마는, 머리로는 이해하지만 서운한 마음은 해소할 길이 없었다.

누군가 내게 토닥이며 "쯧쯧, 그동안 얼마나 힘들었누. 그래 그래, 자네 마음, 내가 다 안다. 그러니 진정하시게."라고 한마디만 해줬으면 여한이 없을 것 같다. 설움에 북받쳐 그가 누구든 끌어안고 통곡을 할 것 같다. 정말이지 어느 노랫말처럼

“여보세요~ 거기 누구 없소?” 하고 누구라도 찾고 싶은 심정이다. 궁여지책으로 서재에서 ‘그 누구’를 찾아보려고 발을 옮겼다. 어느 새벽 나와 같은 대장암으로 투병하다 간 한 시인의 시집을 선물 받아 읽은 기억이 되살아났다.

〈나 한 사람의 전쟁〉(마음산책)은 암으로 52세의 짧은 나이를 살다 간 시인 윤성근의 투병 시집이다. 시인은 위장이 아파 찾아간 병원에서 손쓸 수 없는 대장암 4기 말기 판정을 받았다. 4기에 이르기까지 발병의 징조가 왜 없었겠냐마는 오랫동안 위염과 치질을 앓아왔던 시인의 진단(?)으로 병을 키우고 만 것이다. 원래 병이 생기면 원인과 과정은 한 줄로 생략된다. 어차피 그 역시 추측일 뿐, 현재에 아무런 도움이 되지 않아서다. 그에게는 ‘암과 함께 살아가거나 죽어야 할 운명’만 놓여 있었다. ‘뱃속에 불덩이를 안고 사는 환자의 단순한 인생’, 그의 치열한 시작(詩作)은 그렇게 시작(始作)되었다.

환자에게는 남는 게 시간이다. 하릴없이 병상에 누워 있는 환자의 시간은 하루가 72시간인 듯 지겹도록 더디게 흐른다. TV 앞을 지키며 밥때를 기다리고, 천장 타일 길이를 머릿속으로 재고, 타일 개수를 세고, 칸칸의 타일 사이에 오목 두기를 열 판 해봐야 링거액은 겨우 손가락 마디 하나 길이 정도 줄어들 뿐이다. 이럴진대 기약 없이 입원해 있는 말기암 환자의 하

루는 도대체 몇 시간일까, 또 얼마나 외로울까. 도무지 가늠할
수 없다.

<외로움>
외로움에도 길이 들면
누가 안 찾아와도 슬프지 않고
누가 찾아와도 기쁘지 않고
위로의 말을 듣고도 말의 배후를 찾고
날 위한 기도 소리도 영 들리지 않으니
조금 일찍 죽는다는 것을 알게 되었다는 사실만으로
외로움에 길이 든다는 것은 서글픈 일.
외로움밖에 길이 없다면
한없이 낮은 몸을 추슬러
밤마다 여행을 떠납니다.
여권과 여비가 없어도 너무 멀리 갔다는 무섬증이
들 정도로 하염없이 걷고 싶습니다.
심한 통증은 나를 잊고 불식간에 살려고 애쓰는 나를 잊고
나라는 존재를 허공에 한소끔 흐트러뜨리고
그때도 눈물은 흐르다 멎고 흐르다 또 멎지만
가슴이 아프면 크게 소리 내어 울지도 못하는 법이어요.

[통원치료]

배 속에 든 두 개의 관이 철길의 두 줄기 쇠처럼 눌러
외로움에 길이 든다는 것은 통곡도 못 하게 하고
그저 생의 비가시성에 갇혀
신의 영역에 조금 다가선 잘못뿐인데, 편도 티켓을 받아 쥐고.

(나 한 사람의 전쟁, 66쪽)

시인 윤성근은 투병하면서 스쳐가는 순간의 감상을 놓치지
않고 육필로 메모했다. 어쩌면 없을지도 모를 퇴원에 대한 자
신의 생각을, 환자의 나라인 병원과 병원나라 사람들을, 하루
가 한 달 같은 긴 병의 긴 하루를, 그리고 죽음을 감지한 인간
의 마지막 고해에 이르기까지…. 시간의 흐름에 어울리게 짧
디짧은 글로 이야기했다. 말미에 수록된 〈한 사람의 투병에 부
쳐〉라는 산문은 암을 발견한 때부터 수술과 투병하는 동안 그
를 놓지 않은 '죽음'에 대한 생각을 남의 이야기를 하듯 매우
덤덤하게 서술하고 있는데, 투병 중인 나를 이야기하는 것 같
아 읽기를 멈추고 울컥울컥했다.

〈누가 물으면〉
무력하기가 이를 데 없다.
남들이 20초 사이에 건너는 횡단보도를

도저히 그 배의 시간에도 못 넘어간다.

무능하기가 이를 데 없다.

죽도 넘길 수가 없어 링거를 상용한다.

혈관도 주삿바늘을 피해 자꾸 숨는다.

인생의 무슨 계획도 세울 수 없고, 눈물도 잦아

울보가 되었다. 생각만 한다.

생각만 할 뿐 할 수 있는 것이 없다.

세상사 비판도 못 하고 어느 가수의 학력에 관한 의견도

제출할 수가 없고, 신문을 봐도 글씨가 잘 보이지 않는다.

글씨가 자꾸 숨는다. 폐도 짜부라졌고

가래도 수술 부위가 광범위하여 뱉을 수가 없다.

하루가 72시간쯤 되는 것 같고

하루가 저무는 것이 무섭다. 내일이 없을까 봐

그렇다. 장기 입원자가 되는 것은 아닌지 두렵다는 아내의 말
을 듣고

억장이 무너짐을 느낀다. 투병 일지는 적어 무엇하나

메모를 적어 모으면 병이 낫는가. 인간으로서 인고의 문을

넘어갈 수가 있을까. 의문은 꼬리를 물고

해답은 주어지지 않지만

오랜 기다림 속에 그리운 사람은 꿈속에도 기척 없지만

[통원치료]

지금은 바이탈 사인이 모두 정상. 그래서 누가 물으면
안 아픈 척해야겠지요.
그러다 통증이 치받는 순간이면 나는 갑자기
딴 사람 몸에 들어온 혼령인 듯하여요.

(나 한 사람의 전쟁, 96~97쪽)

연이은 극심한 고통에 낙담하고 좌절하는 시인의 마음이 담
긴 후반부의 시는 저린 마음에 내 손이라도 내밀어 시인을 잡
아주고 싶은 심정이었다. 더이상의 큰 바람도 없이 오직 바라
는 것 하나는 고통 없이 길고 긴 이 밤을 넘기는 것뿐, '수면
제를 먹을까, 진통제를 먹을까' 궁리하다 잠이 드는 시인에게
서 진한 외로움의 냄새가 진동한다. 죽음보다 더한 외로움은,
없다.

하지만 시인은 '인생은 인생일 뿐, 선악과 운으로 따질 수
없다.'는 어느 책의 말에 기운을 얻어 그를 감싼 죽도록 시린
고통과 외로움을 더이상 피하지도, 탓하지도 않고 온전히 받
아들이기로 한다.

운명은 내가 A란 길로 가고 싶어 했을 때 C라는 알 수 없는 길
로 나를 데려갔다. 그리고 나는 그리될 줄을 전혀 알지 못했던

것이고. 이 모든 것이 누구의 잘못인가, 하는 것에 대해서 생각하는 것이 내게는 긴요하지 않았다. 나는 현재 내가 할 수 있는 일을 하며, 비록 그것을 잘 못 한다고 할지라도 최선을 다해서 하고, 노력하는 모습을 보이고 싶다. 뭐, 그러다 보면 또 다른 보이지 않는 운명의 내방이 있을 수도 있지 않겠는가.

(나 한 사람의 전쟁, 124쪽)

'살아갈 나날은 살아온 나날에 대한 말 없는 성찰이다.'라는 시구를 기억한다. 시인의 말대로 '인생은 인생일 뿐', 병을 얻은 건 내가 죄를 진 것도 아니고, 투병의 고통스러움 역시 죗값을 치르는 벌이 결코 될 수 없다. 단지 난 조금 '잘 못 살았을 뿐'이다. 하지만 나는 그것들을 온전히 내게서 비롯된 '내 잘못'이라고 여기고 온몸으로 받아내고 있었다. 그래서 더 아프고 억울하고 힘들었다.

　나는 시집 〈나 한 사람의 전쟁〉과 시인을 만나고 발병의 원인과 책임을 추궁하며 후회할 것이 아니라, '투병 역시 하루하루 소중히 보내야 할 내 인생'이란 것을 먼저 챙겨야 한다는 걸 비로소 깨달았다. "It's not your fault(네 잘못이 아니야)." 어느 유명한 영화의 명대사가 떠올랐다. 따뜻한 위로처럼 내게 전해졌다. 누군가 내게 직접적으로 말해줬다면 그런 '뻔하

디뻔한 하기 좋은 말'에 이런 위대한 위로를 얻지는 못했을 것이다.

'내 스스로 나의 발병을 용서하고 위로했기에' 가능했다. 〈나한 사람의 전쟁〉이라는 작은 시집 한 권이, 그 속에서 내가 찾은 하나의 시가, 나의 외로움을 거둬줬다. 깊은 안도의 한숨과 함께 가슴이 뻐근해지면서 살짝 열이 올랐다. 나를 둘러싼 외로움의 안개가 걷히고 있었다.

가족에게
짐이 되고 싶진 않아

3주마다 받는 항암치료는 양팔에 늘어나는 멍만큼이나 점점 루틴이 되어가고 있다. 항암치료 받기 전날 밤부터 금식해서 이른 아침 혈액 채취와 엑스레이 촬영을 한다. 그러고 나면 병원 매점 옆 작은 빵집에 앉아 커피와 빵으로 간단하게 아침식사를 한다. 입안은 헐고 아물기를 반복하다 보니 너덜너덜해져서 무엇을 먹든 피 맛이 날 정도다. 하지만 독한 약을 먹으려면 코를 틀어막고서라도 밥을 먹어야 한다. 오후에 혈액검사 결과를 살핀 후 중앙 주사실로 가서 전기를 먹듯 찌릿한 항암주사를 4~5시간에 걸쳐 맞는다. 술에 취한 듯 두 눈이 풀려 몽롱한 채로 지하철을 타고 집에 도착하면 쥐 죽은 듯 잠이 든다, 마치 3주마다 되돌이표가 찍힌 것처럼.

[통원치료]

병원을 다녀온 후 3일 동안은 '좀 많이' 아프다. 매일 저녁 온탕에 몸을 담그고 혈관통을 잠재우다 보면 서서히 통증이 풀릴 때쯤 첫 일주일이 훌쩍하고 지나간다. 한 주 동안 앓았다면 남은 한 주는 회복기다. 되도록 가리지 않고 잘 먹고, 틈틈이 잘 쉬고, 잘 자는 본능에 충실한 동물로 지낸다. 마지막 3주 차는 말 그대로 회복기다. 일주일 동안 '정상인인 척 살기' 코스프레를 한다.

항암치료 기간 동안 몹시 우울했다. 아니 불행했다. 나이 오십에 암에 걸렸으니 '결코 이상하지 않을 나이'겠지만, 다른 사람은 암에 걸릴 확률을 계산하고 있을 때, 나는 확률 100%로 암에 걸리고 말았다. 절제 수술 후 회복되어 간다고 하지만 결코 암에 걸리지 않았던 옛날로 돌아갈 수는 없다. 설령 5년간 잘 조절하면 완치 판정도 받는다 하더라도 재발할지도 모른다. 분명히 더할 나위 없이 잘 낫고 있는 현재를 기뻐해야 옳지만, 한편으로는 이런 현실에 놓였다는 게 불행했다.

무엇보다 수술 후 가족들을 마주보기가 힘들었다. 한 집의 가장이라는 사람이 아파서 제대로 사회생활도 하지 못하고 돈을 벌기는커녕 병치레를 한다고 매일 적지 않은 돈을 쓰고 있다는 사실이 내게 극심한 위축감을 주었다. 언젠가부터 '가족들에게 내가 짐이 되고 있다.'는 생각이 떠나질 않았다.

　나의 이런 생각은 절대 자격지심이 아니다. 몇 달 전 의사가 내게 "대장암 3기입니다. 빨리 수술을 하셔야 합니다."라고 말하는 순간, 내 인생은 물론 가족의 인생이 송두리째 바뀌어버렸다. 내가 암에 걸리면서 가족도 함께 암에 걸린 것이다. 암 투병으로 괴로워하고 있는 나를 지켜보는 아내가 예전처럼 밝을 수 없고, 그런 부모의 등을 보고 있을 녀석이 예전처럼 해맑을 수 없다. 이보다 마음 아프고 미안한 일은, 없다.

　입원환자가 되어 다른 환자들과 한 병실에서 함께 사는 건, 병으로 인한 고통에 버금가는 고통이다. 한 병실 동료가 되어 생활하면서 저마다 다른 병증으로 고통을 호소하고 치료를 받고, 부작용에 시달리는 모습을 지켜보고 있으면 '아는 체를 할 수도 없고, 그렇다고 아예 모른 체할 수 없는 입장 더러운 상황'의 연속이 매일 계속된다.

　하물며 환자와 함께 사는 멀쩡한 가족들은 오죽할까? 생각이 거기까지 미치면 죄책감에 고개조차 들 수 없는 죄인이 된다. 내가 우울하고 불행한 건 어쩌면 당연한 일이다. 가족들을 이 지경으로 만들어놓고 내가 무슨 벼슬을 했다고 지금 즐겁고 행복한 일을 찾겠는가?

　대장암 발병을 안 전날까지만 해도 아내의 관심사는 가족과 함께 행복하게 잘 살면서 녀석을 잘 키우는, 정말 평범하기 그지없는 일상이었을 것이다. 하지만 내가 암을 통보받으면서 아내는 15년 전 갑작스럽게 장모님이 돌아가신 때 이후 가장 극심한 책임감과 중압감 그리고 걱정으로 가득한 힘든 나날을 보내고 있다. 그걸 충분히 알기에 되도록 아내에게 짐이 되지 않으려고 노력한다.

하지만 나는 엄연히 치료 중인 환자가 아니던가. 가족들에게 내색은 하지 못했지만 입안이 잔뜩 헐어서 먹기가 힘들고, 손바닥이 갈라져서 통증 때문에 물속에 손을 담글 수가 없다. 제 손 씻기도 힘든데 설거지와 청소 등 집안일을 모두 하려니 괴롭기 그지없다. 게다가 손가락이 전기에 감전된 듯 저릿거려 고무장갑을 끼고 할 수도 없다. 항암치료가 거듭될수록 기력이 떨어져서 걷다 보면 자꾸만 무릎이 꺾인다. 너무 힘들어서 가족 몰래 훌쩍거린 날이 적지 않았다. 이런 내가 행복할 수 있을까.

병원에서 퇴원한 후 거의 일주일 동안 가족들과 살이 닿지 않으려고 노력한 적도 있다. 말 그대로 촉수엄금(觸手嚴禁), 혹시라도 항암제에 절어 있는 내가 녀석을 만지면 내 땀구멍을 통해서 빠져나온 항암주사 또는 약물의 노폐물이 녀석에게 묻기라도 해서 부작용이 일어나면 어쩌나 하는 걱정 때문이었다. 내가 맞은 항암제는 간호사들이 장갑에 마스크까지 무장한 채 독극물 취급하듯 주사했던 그런 약물이 아니던가 말이다. 아내는 '뭐 어떠냐'고 했지만, 내가 거부했다.

발병 전에는 아침저녁마다 녀석의 양치질과 세수는 내 몫이었는데, 그것도 아내에게 맡겼다. 아이는 왜 아빠가 씻겨주지 않느냐며 "내가 미워, 아빠?" 하고 물었지만, 제대로 답해주지 못했다. 수건도 내 것은 따로 쓰고, 세탁도 내 것만 따로 했다. 내가 사용하는 그릇과 수저 역시 따로 보관했다.

항암치료를 받으러 병원에 갔을 때 의사에게 조심스럽게 묻자 "당신이 무슨 전염병 환자냐, 그런 걱정은 하지 않아도 된다."며 의사가 크게 웃었다. 나로서는 매우 조심스럽게 생활했던 터라 안도감에 나도 겸연쩍게 웃었다. 말은 그래도 웃펐다.

불행은 생각이지,
사건이 아냐

세상에는 정상인과 환자, 두 종류의 인간이 산다. 정상인은 밖에서 하루를 열심히 살아내고, 환자는 안에서 버티듯 살아낸다. 하지만 환자도 살아 있는 인간이고 환자의 나날도 엄연한 인생이다. 아무리 아픈 환자라고 해도 매일 우울하고 불행한 기분으로 살 수만은 없는 일이었다. 비록 몸과 마음이 괴로운 환자일망정 나름 행복할 수 있는 방법이 있지 않을까? 구체적이고 확실한 방법을 찾고 싶었다. '환자의 행복'을 찾아 천천히 서재 깊숙이 걸어 들어갔다. 그리고 발병 직전에 읽은 책인 모 가댓의 〈행복을 풀다〉(한국경제신문사)를 기억해 냈다.

  세계적인 기업 구글의 신규 사업 개발 총책임자로 근무하면서 부와 명예 모두 누리며 '황홀할 정도로 행복한 나날'을 보내던 저자는 하루아침에 끝없는 연옥에 빠지고 말았다. 사랑하는 아들 '알리'가 세상에서 제일 쉬운 수술인 맹장염 수술을 받다가 사망한 것이다.

알리는 수술대에 누웠고, 수술하는 동안 배 속을 팽창시켜 공간을 확보할 목적으로 아산화탄소를 불어넣는 주사기가 삽입됐다. 하지만 주삿바늘이 약간 옆으로 밀려나서 알리의 넙적다리 동맥에 구멍을 내고 말았다. 넙적다리 동맥은 심장에서부터 피를 운반하는 주된 혈관 중 하나다. 따라서 상황이 급속히 악화됐다. 소중한 시간이 지나간 후에야 그런 엄청난 실수가 있었다는 걸 깨닫기도 했지만, 그 후에 잇달아 발생한 일련의 실수들이 치명적인 결과로 이어졌다. 수술대에 누운 지 몇 시간 만에 내 사랑하는 아들은 하늘나라로 떠나고 말았다.

(행복을 풀다, 21쪽)

자식을 먼저 보낸 슬픔보다 더한 슬픔이 또 있을까. 게다가 자신이 추천한 병원에서 일어난 의료과실로 눈 깜빡할 사이에 아들을 잃어버린 모 가댓의 슬픔은 짐작조차 할 수 없다.

눈물이 하염없이 뚝뚝 떨어졌다. 알리를 잃었다는 상실감은

창이 내 심장을 후벼 파는 기분이었다. 머릿속에서 끊임없이 이어지는 시끌벅적한 생각에 귀가 먹먹할 지경이었다. 나는 문자 그대로 미쳐가는 기분이었다.

(행복을 풀다, 448쪽)

알리를 묻고 집에 돌아온 그는 피로에 지쳐 쓰러져 깊은 잠에 빠졌고 알리가 꿈에 나타났다. 꿈속에서라도 아들을 다시 만나, 못다 한 이야기를 속 시원하게 하고픈 마음의 발현이란 걸 깨달은 그는 아들을 껴안고 눈물을 터뜨리며 속마음을 털어놓았다.

힘들었다, 알리야. 정말 힘들었다. 벌써부터 네가 그립다. 네가 없는 곳에서 아빠와 엄마가 어떻게 살아야 할지 모르겠구나 (…) 아빠 머릿속이 터질 것만 같구나, 알리야. 이제 어떤 것도 이해가 되지 않아. 온갖 못된 생각만 떠오르는구나. 의사가 내 아들을 죽였다고! 누구도 그렇게 어린 나이에 죽어서는 안 된다고! 삶은 불공평한 것이라고! 이런 세상에서 하루를 더 산다고, 아니 백만 일을 더 산다고 무슨 의미가 있겠니.

(행복을 풀다, 449~450쪽)

얼마 전 아내가 건강검진을 했는데, 폐에 이상이 의심된다며 CT 촬영 등 정밀검사를 하자고 병원에서 연락이 왔다. 정밀검사 결과 정상 판정을 받았지만, 검사 결과를 통지받을 때까지 이틀 동안 정말이지 끔찍한 나날이었다. 무슨 생각을 하든 '만약 아내가 폐암이면 어떡하지?' 하는 불길한 생각이 불쑥불쑥 쳐들어오는 통에 아무 일도 손에 잡히지 않았다. 이건 나의 발병과는 또 다른 차원의 걱정과 두려움이었다. 환자일지 모를 아내를 아무렇지 않은 듯 지켜보는 것도 너무 힘들었다. '그런 병이 생길 거라면, 차라리 아내 대신 환자인 나한테 오라.'고 기도했다. 이럴진대 한순간 아들을 잃은 모 가댓의 마음이야 오죽했을까.

하지만 모 가댓에게는 남겨진 가족, 사랑하는 아내와 어린 딸이 이 세상에 살고 있었다. 마냥 슬퍼하고 있을 수만은 없었다. 그래서 그는 아들 알리의 급작스러운 죽음으로 인한 슬픔을 이겨내기 위해 글을 쓰기 시작했다. 아들이 세상을 떠나고 17일 후였다. 그는 글을 쓰면서 자신만의 방식으로 '행복방정식'을 만들어 그와 가족들이 절망의 늪에서 벗어날 수 있었다. 그로부터 4개월 반 만에 〈행복을 풀다〉의 초고가 완성됐다.

내가 이 책을 펼친 건 저자와의 여정을 통해 불행을 딛고 행복을 찾는 법을 알고 싶어서였다. 모 가댓은 자식을 잃은 상실감을 극복할 행복을 찾기 위해 수많은 방법들을 찾아다녔지만, 그는 정작 '행복은 이것이다.'라는 정답을 찾지 못했다. 그러다 문득 '나를 불행하게 만드는 것은 생각이지, 사건 자체가 아니다.'라고 깨닫는다.

사랑하는 아들 알리가 세상을 떠난 그날, 모든 것이 멈추었다. 나는 평생 마음의 고통에 시달리며 살아갈 권리를 얻고, 문을 닫고 시름시름 죽어가는 수밖에 없다는 암울한 기분에 사로잡혔다. 하지만 실제로는 나에게 두 가지 선택 가능성이 주어졌다.
(1) 평생 마음의 고통과 씨름하는 길을 선택할 수 있지만, 그렇다고 알리가 살아 돌아오는 것은 아니다. (2) 심리적 고통을 부정하지는 않지만 암울한 생각을 중단하고, 알리를 추념하기 위해 온갖 노력을 경주하는 길을 선택하는 것이다. 물론 이 길을 선택하더라도 알리가 살아 돌아오지는 않지만, 세상을 조금이라도 더 견디기 쉬운 곳으로 만들 수 있었다. 이런 두 가지 선택 가능성을 두고, 당신이라면 어느 쪽을 선택하겠는가? 나는 (2)를 선택했다.

(행복을 풀다, 52쪽)

하지만 이런 선택을 했다고 그의 심리적 고통이 사라지지는 않는다. 모 가댓은 공학자의 관점에서 이 고통을 바라보고 우리 뇌가 즐거움과 슬픔을 받아들여 처리하는 방법을 근거로 삼아 행복에 이르는 '행복방정식'을 찾아 나섰다. 그러기 위해서는 그는 아들의 죽음을 통해 죽음을 새롭게 인식해야 했다.

죽음은 아들에게만 일어난 불행한 사건이 아니다. 그는 안타깝지만 단지 아들이 조금 일찍 삶을 마감했다는 사실로 받아들여야 한다고 깨달았다. 아들의 죽음을 통해 그는 비로소 삶의 진실한 모습을 찾았다. 바로 어차피 죽는 거라면 죽음의 반대편에 있는 상태, 오늘을 살고 있는 삶에 집중해야 한다는 사실 말이다.

톨스토이는 "모든 행복한 가정은 서로 닮았고, 모든 불행한 가정은 제각각 불행하다."라고 말했지만, 정작 '행복은 이것이다.'라는 정답은 없다. 불행한 이유가 제각각이듯 개개인이 생각하는 행복도 다르기 때문이다. 그렇다면 '나의 행복'은 어떻게 찾아야 할까?

최신 전자장비, 고급 옷, 호화로운 휴가, 비싼 차 등을 산다고 행복할까? 천만에. 그는 6년 동안 갈망해 왔던 최고급 새 차를 구입해 봤지만 단 2분 30초 만에 감흥이 사라지고 다시 불행이 찾아왔다고 말했다.

그럼 뭐가 잘못된 것일까? 우리가 불행한 이유는 행복을 엉

뚱한 곳에서 찾기 때문이다. 행복은 우리의 바깥에 있지 않다. 행복은 이미 우리 마음 안에 있었다. 마치 아기가 충분히 먹고 잘 자면 늘 행복한 것처럼, 어린아이들이 행복하기 위해 전자 장비나 새로운 휴대폰, 승진 따위가 필요 없는 것처럼.

모 가댓은 책에서 '당신이 행복하다고 느낀 모든 순간들을 적어보라.'고 했다. 나는 심리학자에게 카운슬링을 받는다는 기분으로 그가 시키는 대로 노트에 적어봤다.

나는 내 아들 녀석의 웃음을 보면 행복해진다. 따가운 햇살 담은 뽀송뽀송한 이불을 덮으면 행복해지고, 갓 내린 커피 향을 맡으면 행복해진다. 막 지은 뜨끈한 밥을 입에 넣으면 행복해지고, 정성 담긴 음식을 먹으면 내내 행복하다. 길을 걷다 무심코 아내의 손을 잡고 '난 혼자가 아니구나.' 느끼면 행복해지고, 태권도를 마친 녀석을 차에 태워 집에 도착할 때 '오늘도 무사히 하루를 보냈구나.' 생각하면 잔잔하게 행복감이 찾아온다. 생각해 보니 신기하게도 내가 행복하다고 느낀 순간들은 너무나 사소한 것들, 게다가 매일 경험하고 느끼는 것들이었다.

모 가댓은 당신을 행복하게 만드는 것들을 쓰고 매일 행복 리스트를 열어본다면, 다시 보는 것만으로도 감사함을 배우고 행복을 느낄 거라 말했다. 그의 말대로 환자인 내게도 행복한 것들이 너무나 많았다. '나는 왜 그동안 이런 행복들을 간과한 채 불행한 것에만 집착했을까?' 하는 생각이 들어 스스로 부끄러웠다.

또한 그는 행복을 찾을 수 없다면, 내가 불행해하는 모든 것을 적고 그것을 걷어내면 그 불행을 모두 걷어내는 방법을 찾아 사라지게 하라고 했다. 그리고 모든 불행을 걷어내면 행복만 남는다는 것이다. 자식을 앞세운 부모는 어떤 이유든 스스로를 원망하기 마련이다. 그 역시 아들에게 병원을 추천한 사실을 자책하며 자신의 삶을 저주했다. 하지만 자신을 둘러싼 불행을 걷어내자 아들을 하필 그 병원에 데려간 자신을 원망하지 않게 되었고, 아들 알리의 부재를 슬퍼하기보다 알리와 함께했던 행복한 기억을 생생히 간직할 수 있게 되었다.

그는 〈행복을 풀다〉에서 "행복은 의식적인 선택으로 시작된다."고 말한다. 마치 내게 "당신은 상실과 질병에서 비롯된 고통을 견뎌왔다. 그렇더라도 당신은 고통받아 마땅하다거나 행복할 자격이 없다는 따위의 생각의 노예가 되지 않기를 바란다."라고 말하며 위로하는 것 같았다.

다음날 난 아내에게 내가 지금 투병하고 있는 상황과 내 마음 상태에 대해 자세히 설명했다. 그리고 얼마나 힘겨운지도 이야기했다. 아울러 그럼에도 불구하고 내가 가족과 함께 오늘을 보내고 있는 것에 얼마나 고맙고 행복한지에 대해서도 고백했다. 아내에게 내 마음을 털어놓기는 발병 후 처음이었다. 수술할 때보다 더 큰 용기가 필요했다. 말을 하는 동안 울컥 눈물이 터져 멈추지 않았다. 마지막엔 "얼른 툴툴 털고 일어나겠다, 그리고 꼭 행복하게 해주겠다."는 다짐의 말을 덧붙였다. 퇴원한 후 아내에게 차마 꺼내지 못하고 가슴속에 내내 감춰뒀던 말이었다. 아내는 말없이 고개만 끄덕이며 울기만 했다. 아내에게 고백한 후 나는 더이상 불행하지도 슬프지도 않았다. 내 불행을 모두 털어낸 기분, 이제 행복을 가득 채울 일만 남았다.

항암의 '두려움'이 걷히니 바로 찾아오는 건 무섭도록 시린 '외로움'이다. 이 외로움은 누군가 없는 부재의 외로움이 아니라 이 세상에 나 혼자만 아 픈 것 같은 억울함이 가슴에 차곡차곡 쌓이는 것 같은 울분(鬱憤)에 찬 서러 운 외로움이다. 내 아픔을 짐작조차 할 수 없는 사람들이 어찌 나를 이해 하겠냐마는, 머리로는 이해하지만 서운한 마음은 해소할 길이 없다.

톨스토이, 이상원 옮김, 〈살아갈 날들을 위한 공부〉, 조화로운 삶, 2007
"인간은 작은 문제들로 균형을 잃는다. 반대로 커다란 문제는 인간을
영혼의 삶으로 인도한다."

톨스토이, 이순영 옮김, 〈이반 일리치의 죽음〉, 문예출판사, 2016
이반 일리치의 고백을 다시 만나 울며 읽으면서 가슴 언저리에 꽉 박
혀 있던 체증 같은 무엇이 사르르 풀리는 기분이 들었다. 그건 환자만
이 느낄 수 있는 환자의 진심 어린 위로였다.

박웅현, 〈여덟 단어〉, 북하우스, 2013
개의 시간이 원형이라 행복하기 쉬운 반면, 인간의 시간은 직선형이라
후회를 반복하며 불행해한다. 묘하게 말이 된다.

윤성근, 〈나 한 사람의 전쟁〉, 마음산책, 2012
이 작은 시집 한 권이, 그 속에서 찾은 하나의 시가 나의 외로움을 거
둬주었다. '내 스스로 나의 발병을 용서하고 위로했기에' 가능했다.

모 가댓, 강주헌 옮김, 〈행복을 풀다〉, 한국경제신문사, 2017
아내에게 고백한 후 나는 더이상 불행하지도 슬프지도 않았다.

[통원치료]

회복의
순간

행복의 실마리를
찾아서

나의 발병은 나를 아는 사람들의 건강을 환기시키기에 충분
했다. 아프기는커녕 가장 멀쩡할 것 같은 내가 암에 걸리자 모
두 뜨악해했던 것이다. 그 중 의사 친구는 내 발병 사실을 들
은 다음날 병원에 출근하자마자 대장내시경 예약을 잡아서
검사를 했는데, 심상치 않은 크기의 용종을 두 개 발견해 검사
중에 제거 시술을 받았다고 했다.

　환자에게는 병이 낫는 것보다 정상인으로 되돌아가기가 더
힘든 것 같다. 가장 힘든 것은 주위 사람과의 관계다. 퇴원 후
항암치료를 받는 동안 만난 지인들은 내게 무슨 말을 해야 할
지, 어떻게 대해야 할지 몰라 어색해했다. 물론 이해는 간다.
나에게 "어쩔 거야, 당신이 건강관리를 잘 못해서 아픈 건데,

그러게 조심하지 그랬어?"라고 대놓고 이야기할 수도 있고, 그렇다고 "복불복 아니겠어요? 좀 더 일찍 병에 걸렸다 생각하세요."라며 말도 안 되는 위로를 할 수는 없을 것이다.

어쩌면 아예 내 발병 사실을 모르는 척하길 바란 적도 있다. 어차피 어쭙잖게 대답하는 것도 힘든 일이니까. 게다가 그들은 내게 한 번씩 묻지만, 난 이미 수십 번 같은 내용에, 같은 투로 대답하느라 문장을 외울 정도니까. 바라건대 그저 '이야기 들었어요. 내가 당신의 발병에 안타까워하고 있어요. 참 안됐네요.'라는 느낌 정도만 전해줬으면 좋겠다.

그런데 '이건 좀 아니다.' 싶은 경우도 있는데, 나와 이야기하면서 현재 건강한 자신에게 안도하는 경우다. 맘속으로 그런 생각이 드는 것을 내가 뭐라 하겠냐마는 야릇하고 의미심장한 미소를 내게 굳이 들킬 필요는 없지 않을까. '뭐 이런 사람도 있고, 그저 그런 놈도 있는 거지 뭐….' 하고 위로하곤 했지만, 치료하는 동안 이런 비슷한 경우를 적잖이 만나니 상처가 꽤 컸다. 그래서 한동안은 멀리서 지인이 보이면 일부러 피했다. 그리고 아예 만나는 일을 만들지 않으려 노력했다. 영문도 모르는 지인들에게는 미안했지만 더이상 마음을 다치기 싫어서 어쩔 수 없었다.

처음 대장암 3기 진단을 받고 수술을 결정한 후, 내게 수술은 '어쩌면 죽을지도 모를' 중대한 일이기에 '조용히' 주변을 정리했다. 발병 사실을 채 알리지 못한 사람도 있었지만, 기억 나는 지인들에게 안부를 묻고 사과와 감사, 그리고 용서를 빌고 화해를 했다. 심지어 길을 가다가도 우연히 사람과 부딪히면 고개 숙여 사과를 하고, 엘리베이터에서 생면부지의 사람을 만나도 "안녕하세요?" 인사를 하는데, 그동안 지인들에게 많이 소홀했던 것 같아 깊이 후회했다.

　주변 정리 중 가장 잘한 일은 생명보험 보장을 바꾼 일이다. 대장암 발병 사실을 보험사 LP에게 전하자 내용을 확인한 바로 다음날 암진단 보험금이라며 1,000만 원이 입금되었다. 빠른 보험금 지급은 발병의 충격에 빠져 있던 내게 적잖은 위로가 되었다. '만약 내가 사망을 해도 사망보험금이 잘 지급되겠구나, 믿을 만하다.'는 신뢰도 갖게 했다. 한 가지 아쉬운 점은 남겨진 가족을 위한 사망보험금이었다. 7년 여를 납입하고 있는 생명보험의 사망보험금은 아프기 전에는 적지 않다고 느꼈는데, 막상 병이 생겨 보험금 탈 생각을 하니 남겨진 가족에게는 턱없이 부족한 금액이었다. 좀더 어렸을 때 적은 보험금으로 많은 보장을 받을 수 있도록 미리 보험을 설계해 놓지 않는 것이 정말 아쉬웠다.

　그런데 다행히 내가 가입한 보험회사 LP는 발병을 안 시점에도 사망보험금 보장을 바꿀 수 있다는 사실을 알려주었다. 발병한 고객에게 보장을 늘려주는 건 이 회사가 유일하다고 했다. 그래서 사망보험금을 높였다. 매월 불입하는 보험료가 올라갔지만 현재 암환자인 내가 5년 후 완치된다고 하더라도 재발 우려는 일반인보다 훨씬 높을 것이다. 또한 어차피 남겨진 가족이 쓸 돈이라면 저축보다 보험료를 올리는 것이 확률적으로나 수익률 측면에서 더 낫겠다는 판단이 들었다. 사망보험금을 높여놓으니 '내가 혹 잘못된다고 해도 가족에게 뭔가 남겨줄 수 있겠구나.' 하는 생각에 안심이 됐다. 주변을 정리하니 한결 마음이 편안해졌다. '이젠 편히 눈감을 수 있겠구나.'라는 말이 무슨 뜻인지 알 것 같았다.

며칠 전 5회차 항암치료를 받았다. 인간은 확실히 습관의 동물인가 보다. 매번 고통스러운 과정이 몇 주 동안 이어지는 건 변함이 없지만 회를 거듭할수록 고통의 세기와 순서를 짐작할 수 있자 두려움이 점차 줄어들었다. 게다가 항암치료는 살아나려면 꼭 필요한 치료라고 생각하니 고통도 무뎌지는 듯했다.

'이렇게 몇 번만 더 하면 더이상 약을 먹지 않고 발병하기 전처럼 평범하게 살 수도 있다는 건가? 그리고 5년이 지나면 정말 완치 판정을 받는 건가?' 하는 아주 작은 희망이 생겼다.

생각이 거기까지 미치자 '치료가 끝나면 그다음은 내게 뭐가 있을까? 난 뭘 해야 할까?' 하는 작은 기대에 살짝 들뜨기까지 했다.

다섯 번의 항암치료를 받고 일주일이 지난 어느 화창한 봄날이었다. 유치원 가는 스쿨버스에 녀석을 태워 보내고 집에 들어가려 돌아서는데 구름 한 점 없는 새파란 하늘 아래 따사로운 더위 실린 바람이 쏴아~ 하고 내 곁을 훑고 지나갔다. 평소 같으면 항암제로 인한 말초신경병으로 시리도록 아파서 피해야 할 바람이 살짝 시원하다고 느껴졌다. 아플까봐 미리 두 눈을 질끈 감고 있던 나는 그 시원함에 순간, 슬프도록 기쁜 어떤 뜨거운 감정이 '우욱~' 하고 격렬하게 북받쳐 올랐다. 나는 긴 한숨을 오래도록 뱉어냈다. 바람이 내게 '살아 있음'을 전하고 갔다.

그날 오후 나는 차를 몰아 가까운 백화점에 들렀다. 곧장 5층 양복 코너로 갔다. '투병 중인 환자가 무슨 양복이냐?'고 스스로에게 물었지만 마치 홀려서 누군가의 아바타가 된 듯 양복을 당장 입어야 하는 사람처럼 뚜벅뚜벅 매장을 걸어 들어갔다. 그리고 대충 살펴보다가 내 마음에 확 드는 스타일의 최고급 이태리제 원단 울 양복 두 벌을 맞췄다. 항암제에 절여진 퉁퉁 붓고 푸석한 얼굴이지만, 밝은 등 아래서 새 양복을 입어보니 제법 맵시가 났다. 입원해 있는 동안 꿈꿔왔던 꼭 다시 보고 싶은 양복 입은 내 모습이었다. 기분이 저절로 으슥해졌다.

사실 처음엔 딱 한 벌만 사 입으려고 했다. 그런데 점원의 응대가 너무 마음에 들었다. 굳이 묻지도 않았는데 또 다른 옷을 입어보라며 직접 입혀주기도 하고 어울린다며 칭찬하기도 했다. 기분이 좋았다. 마치 "선생님, 이 양복을 입고 이 세상 멋들어지게 살아보시죠."라고 내게 말하는 것 같았다. 지금 생각해 보면 누군가로부터 위로받고 싶은 환자의 외로움도 한몫했다.

아주 오랫동안 자주 입을 심산으로 여유분의 양복 바지를 하나씩 더 맞추고 셔츠에 타이까지 풀세트로 구입했다. 할인해도 백만 원을 훌쩍 넘긴 가격에 '헉, 아무 이유도 없이 양복을 이 가격에 사 입다니, 내가 미친 거 아냐?' 심장이 덜컥했다. 하지만 이왕 큰맘 먹고 나온 김에 아내에게 한소리 들을 것을 각오하고 눈 딱 감고 카드를 내밀었다.

군이 새 양복을 사 입은 이유가 있다면 그 이유는 딱 하나다. 내가 살아 있음을 쇼핑으로 확인하고 싶었다. 새 양복을 입고 다시 옛날처럼 살아내겠다고 스스로에게 다짐하고 싶었다. 어쩌면 양복을 사는 것으로 항암치료를 받으며 느꼈던 내 슬픔과 남아 있는 치료에 대한 우울함을 단번에 털어내고 싶었는지도 모르겠다. 환자가 된 이후 내 간절한 바람 하나는 다시 건강해져서 마음껏 마시고 즐기며 세상과 어울려 살고 싶은 것이었다. 하지만 당장 내가 할 수 있는 건 달랑 새 양복이라는 껍데기를 내 몸에 씌우는 일뿐이었다.

그래도 좋았다. 내가 언제 죽을지 누가 알겠는가. 하지만 오늘이 내 남은 인생 중에 가장 젊은 날이란 건 확실히 안다! 지금껏 용케 잘 버텨준 내게 보상을 하고 싶었다. 그래야 남은 젠장맞을 고생도 버텨낼 수 있을 것 같았다.

에스컬레이터 앞까지 따라와 인사하는 양복점 직원을 뒤로 하고 집에 돌아와 나는 새 양복을 입고 아내 앞에서 패션쇼를 했다. 피곤에 지쳐 핼쑥해진 얼굴로 이 옷이 다 닳을 때까지 입고 다닐 거라고, 이 옷 입고 돈을 왕창 벌겠다고 떠벌리면서. 그런데 집에서 입어본 양복은 백화점에서 입을 때와는 다르게 양복 색은 너무 밝았고, 몸에 꽉 껴서 단추가 잘 채워지지도 않았다. 내 것 같지 않은 새 양복과 통통 부은 회색빛 얼굴은 대조되어 어색하기 그지없었다. 거울에 비친 힘겨운 내 모습이 내가 보기에도 너무 안쓰러웠다.

나의 과도한 런웨이는 수염만 달지 않았지, 찰리 채플린의 모습과 흡사했다. 그런 우스꽝스러운 모습을 보는 아내는 아무 말도 하지 않고, 그저 조용히 웃기만 했다. 평소 같으면 미쳤냐며, 지금 당신이 이렇게 비싼 옷을 사 입을 일이 뭐가 있느냐며 난리를 칠 법도 한데 빙그레 웃기만 했다. 아니, 잘했다 했다.

발병 후 아내는 내가 무엇을 하든 그냥 내버려두는 편이다. 내가 어떤 일에 즐거우면 즐거운 대로 내버려두고, 슬퍼하면 슬퍼하는 대로 끼어들지 않고 그냥 지켜만 본다. 가끔 내게 너무 무관심한 것 같아서 "나를 사랑하기는 하냐?"며 투정한 적도 있지만, 아내는 누구나 기쁘면 기쁜 대로 아프면 아픈 대로 혼자서 충분히 만끽하고 앓아야 한다고 생각하는 사람이라 좀처럼 참견하지 않는다. 그게 당사자에 대한 존중과 예의라며 아내는 그저 멀찍감치 서서 때로는 미소로, 때로는 젖은 눈으로 바라만 봤다.

다음날, 서울에서 사업하는 친구에게서 안부전화가 왔길래 '양복 구입'을 털어놓고 웃었다. 친구는 "네가 좀 살 만한가 보다."며 기뻐했다. 그러면서 자신이 쓰던 골프세트를 보낼 테니 낮에 할 일 없으면 골프를 배우라고 권했다. 환자가 무슨 골프냐며 사양했지만, 친구는 골프가 단순히 공을 치는 운동이 아니라 멘탈을 잡아주는 운동이라 자신도 그 덕을 크게 봤다고 했다.

　몇 해 전 친구가 사업이 힘들었을 때 누구에게 말도 못 하고 술만 마시고 괴로워하다 우울증이 생겨 고생했는데, 우연히 지인의 권유로 골프를 배웠다고 한다. 이후 골프 덕분에 우울증을 극복했다는 것이다. "내가 보기에 넌 몸도 많이 힘들겠지만, 마음이 더 힘들 것 같아. 그냥 공을 때리는 맛으로 시작해 봐. 제대로 스윙을 해서 타격감을 느낀다면 스트레스를 풀 수 있을 거야."

　이 말을 듣다가 "그래, 잘은 모르겠지만 내가 어느 책에서 읽었는데 저자가 하는 말이 '내가 죽어라고 골프장에 가는 이유는 그 타격감이 주는 행복 때문'이라고 하더라." 평소에 생각지도 않았던 말이 불쑥 튀어나왔다. 그렇게 친구에게 골프 세트를 받기로 하고 전화를 끊고 나서 나는 서재 앞에서 '그 책 제목이 뭐였지?' 하고 한참 고심하며 찾았다. 그건 벌써 10년 전에 읽었던 김정운의 〈나는 아내와의 결혼을 후회한다〉(21세기북스)였다. 곱게 접힌 책장들을 찾아 확인했다. 책에서 저자가 말하는 행복은 정교한 나이스 샷이 주는 타격감이 아니라, 스윙 이후 뻗어가는 공을 보며 스스로 느끼는 '감탄'에서 오는 거였다.

산꼭대기까지 죽어라 오르는 이유는 건강을 위해서도 아니다. 그저 건강하려고 산을 오른다면 중간까지 왔다 갔다 하면 되지, 왜 그렇게 죽어라 하고 정상에까지 올라가는가? 산에 오르는 이유는 산이 거기에 있기 때문이 아니고, 건강을 위해서도 아니다. 감탄하기 위해서다.

산꼭대기에 올라 막혔던 숨을 토해내며 "우아~!" 하며 감탄하고 싶기 때문이다. 내가 어릴 때, 엄마가 날 보고 끝없이 반복해서 해준 그 감탄이 그리워서다. 나이가 들수록 아무도 나를 보고 감탄해 주지 않는다. 감탄한 일도 없다. 그래서 한국 남자들이 죽어라 골프장에 가는 것이다.

(나는 아내와의 결혼을 후회한다, 285쪽)

저자는 지금 행복한 삶을 살고 있는가의 기준은 하루에 몇 번 감탄하는가에 있다고 말했다. 충분히 일리가 있는 말이다. 암환자가 된 후 눈뜨면 만나는 매일 아침은 기적 같은 순간들이었다. 살아 있음에 감사하면 눈에 보이는 모든 것에 감탄이 터져나왔다. 정말 순간순간이 행복한 시간들이었다. 하지만 환자복을 벗고 집으로 돌아온 뒤에는 그런 순간이 없었던 것 같다. 그도 그럴 것이 '죽음의 고비'를 넘어 완치를 위해 회복에 전념할수록 내가 '죽다 살아난 환자였다.'는 인식은 점점 흐려지고 고통에 친착하게 된다. 내가 생의 기쁨을 잊고 지냈던 것이다. '감탄의 경험이 행복감을 부른다.'는 저자의 말은 내게 다시 행복감을 느끼게 할 힌트를 주었다.

가족들이 모두 잠든 어느 날 밤, 나는 홀로 택시를 타고 심야영화를 보러 갔다. 영화제목은 톰 크루즈 주연의 〈미션 임파서블 폴 아웃〉. 밤 12시를 넘긴 마지막 상영이라 관객은 나를 포함해서 열 명 남짓. 거의 전세를 내다시피 한 듯 영화관의 한가운데에 자리를 잡았다. 입원한 뒤로 한 번도 먹지 못했던 제일 큰 사이즈의 팝콘과 콜라를 마음껏 먹고 마시며 귀청이 떨어질 것 같은 총소리와 심장 떨리는 액션을 우아~ 우아~ 연신 감탄하면서 시간을 잊고 즐겼다. 물론 영화를 보다가 열 번 남짓 화장실을 들락거려서 스토리를 꿰지는 못했지만, 영화를 만끽하면서 '그래, 이 맛이야.' 하는 느낌이 들어 행복했다.

〈나는 아내와의 결혼을 후회한다〉는 책은 내게 '행복하려거든 매일 감탄하며 살라.'는 메시지를 전해주었다. 남은 항암치료 기간을 잘 버티며 보낼 수 있는 더할 나위 없는 충고이자 격려였다. 그럼 앞으로 무엇을 해야 내가 감탄하며 살 수 있을까? 나는 새로 얻은 삶을 위한 '버킷리스트'를 만들기 시작했다.

아빠와 아들의 시간

얼마 전 내 안부를 묻는 지인에게 "네, 이젠 괜찮아졌어요. 살만 하네요."라고 거리낌 없이 대답했다. 가볍게 목례를 하고 돌아서면서 머리로 한 의도적인 대답이 아니라 몸이 반응한 자연스러운 대답이라는 데 나 스스로 놀랐다. 나는 확실히 괜찮아지고 있었다. 의사가 내게 암 진단을 내렸던 시간부터 시작된 기억의 필름이 훅~ 하고 내 머릿속을 지나갔다. 만약 아내가 건강검진을 위해 금식을 하는 김에 추가 비용을 내고 대장내시경을 받으라고 권하지 않았더라면, 또 아내의 권유를 내가 따르지 않았더라면 어땠을까. 아마 지금쯤이면 대장 속에 부풀어가는 암세포가 다른 장기로까지 퍼져서 나는 손도 댈 수 없는 환자가 되었을 것이다.

사람들은 나쁜 결과가 나오면 그 원인이 무엇이든 꼭 찾으려 한다. 왜냐하면 나쁜 결과로 괴로울 때마다 원인이라고 여긴 대상을 마음껏 원망할 수 있어서다. 처음 암 발병을 알았을 때 나도 그랬다. 내가 잘 못 살아서 생긴 병이라고 내 삶의 전부를 부정하며 내 탓을 하며 괴로워했다. 하지만 이제 와서 깨달은 건 암은 정말 우연찮게 찾아와 거짓말처럼 내게 스며들듯 장기의 일부가 되었다는 것이다. 암은 말 그대로 그냥 불청객일 뿐이다.

암 발병은 내 책임이 아니다. 하지만 병증의 정도는 책임을 피할 수 없다. 내게 대장암의 전조는 분명히 있었다. 하지만 대수롭지 않게 생각했다. 나의 그 오만함을 깊이 후회한다. 내가 좀더 주의를 기울였다면, 내가 내 몸을 맹신하지 않고 더 아꼈더라면 하루라도 더 일찍 발견하지 않았을까.

하지만 한편 '늦었다고 생각할 때가 가장 빠른 때'라는 말이 틀린 말은 아니었다. 아내의 말 한마디 덕분에 암 발병을 알았고 좋은 의사를 만나 잘 치료를 받아서 지금 나아지고 있다. 그래서 오늘의 나에게는 '왜?'라는 힐난 섞인 질문이 아니라 '하마터면'으로 시작하는 안도의 한숨이 필요한 시점이다. 걸려 넘어진 이 자리는 내 삶의 전환점이다. 죽음의 문턱에서 돌아온 사람에게 가장 소중한 보물은 바로 오늘이다. 그래서 영어로 present인가 보다. 눈뜨며 맞는 매일의 오늘은 '덤으로 얻은 선물 같은 하루'인 것이다.

그 후 나는 비록 부자는 아니지만 돈이 들더라도 시간을 아끼고 잘 활용하려고 노력하고 있다. 그 노력 중 하나는 휴대전화 데이터를 무제한으로 바꾼 거다. 발병 전에는 최대한 휴대전화 요금을 적게 내려고 평균 데이터 사용량에 부합하는 요금제를 선택하고, 밖에 나가면 일단 와이파이가 되는지를 물어 무료 데이터를 쓰고자 노력했다.

그런데 와이파이는 비용을 덜어줄지는 모르지만 매번 어딘가에 갈 때마다 와이파이가 되는지, 비밀번호는 뭔지 묻는 수고를 반복해야 해서 적잖은 스트레스였다. 설상가상으로 제멋대로인 와이파이 속도 때문에 불평하는 아들 녀석을 지켜보는 일은 정말이지 화딱지 나는 일이다. 혹여 내 몸이 피곤하거나 언짢은 일이 있을 때, 혹은 눈비 오는 궂은 날씨에 와이파이를 챙길 때면, 외출이고 뭐고 다시 집으로 되돌아가고 싶어질 지경이다.

무엇보다 밖에서 데이터를 주로 많이 사용하는 사람은 내가 아니라 아들 녀석인데, 이런 스트레스를 온전히 내가 받아야 한다는 사실이 나를 더 힘들게 했다. 암환자가 된 후 남은 인생 동안 내가 가장 우선적으로 챙겨야 할 것이 '스트레스가 덜

한 삶'이라면, 와이파이 같은 통제가 가능한 자잘한 스트레스
는 당장 소멸시켜야 할 대상이었다.

통신사 상담원과 짧은 대화를 나누고 데이터 무제한으로 요
금제를 바꾼 순간 세상 편해졌다. 언제 어디서나 데이터를 마
음대로 쓸 수 있다는 사실이 나를 이렇게 편하게 만들 거라고
는 미처 생각하지 못했다. '가난한 사람은 시간을 써서 돈을
벌고, 부자는 돈을 써서 시간을 번다.'는 말이 있다. 뒤집어서
말하면 돈을 써서라도 시간을 벌 수 있다면 부자의 여유를 누
릴 수 있다는 뜻이다. 부자가 별건가. 부족함을 느끼지 못하면
부자인 것이다.

게다가 '시간으로 돈을 버는 사람은 어리석은 사람이고, 현
명한 사람은 돈으로 시간을 산다.'는 말도 있다. 내친김에 유튜
브도 광고를 따로 듣지 않아도 되는 프리미엄 요금제로 구독
하기로 했다. 나는 운전을 하면서 유튜브의 뮤직채널을 즐기
는 편인데, 프리미엄 요금제로 바꾸고 나니 광고 없는 음악을
따로 검색하지 않아도 되고 선택의 폭도 넓어져서 한결 편했
다. 내 몸 하나 챙기기도 힘든데, 더이상 이런 자잘한 것까지
신경 쓰고 살고 싶지는 않았다. 게다가 나는 데이터가 무제한
이지 않은가. 스트레스 받지 않고, 쓸데없이 시간을 허비하지
않는다는데 환자인 내가 마다할 이유가 있을까.

난 약간의 돈으로 시간낭비와 스트레스를 줄였다. 돈은 이럴 때 쓰라고 있는 거다. 그 돈만큼 딴 데 안 쓰면 될 게 아닌가. 하고 싶지 않은 일을 하지 않는 것은 인간에게 매우 소중한 가치다. 한 번의 술값으로 나는 한 달 동안 쓸데없이 신경 쓰지 않아도 되는 자유를 얻었다.

아프고 나니 나와 비슷한 처지에 있는 사람에게 마음이 간다. 나는 아파서 한동안 챙기지 못한 장인어른께 설렁탕을 만들어 보냈다. '지금 아니면 언제 또 보내랴.' 하는 생각에 '나한테 안 보내도 되니 네 몸이나 걱정해라.'는 장인의 만류에도 불구하고 내 마음이 가는 대로 움직이기로 했다.

얼마 전 나를 위해 쓴 듯한 책을 읽었다. 제목이 〈아빠가 아이와 함께할 시간은 많지 않다〉(갈대상자)인데, 이 책은 '당신은 환자이기 이전에 아빠'라며 내 정신을 흔들어 깨웠다. 저자는 후세 타로이다. 크리에이티브 디렉터로 일하던 일본의 평범한 아빠인데, 그는 어느 날 트위터에 올라온 "아이와 실컷 놀 수 있는 시간은 채 몇 년도 되지 않는다."는 짧은 글을 읽고 불현듯 일에 치여 가족과의 시간을 소중히 보내지 못하는 자신을 발견한다. 이후 아이들과 함께한 소소한 일들을 기록해서 책으로 냈다. 처음엔 제목에 끌려 별 생각 없이 책장을 넘기다, 마치 꾸벅꾸벅 졸다가 죽비로 어깨를 세게 맞은 듯 울림이 크게 다가왔다.

　만약 깨닫지 못했다면 눈 깜짝할 사이에 1~2년이 지나가버릴 것이다. 멍하니 있다가는 일이 좀 바쁘다고 생각하는 사이 '아, 어느새 5년이….' 하며 흠칫 놀라게 된다. 어른의 시간은 이렇게 빠르게 흐른다. 하지만 아이의 시간은 다르다. 어렸을 때를 떠올려봐도, 초등학교 2학년과 3학년은 전혀 다르다. 그 사이에는 분명 많은 일이 일어났을 것이다. 같은 1년이라도 어른에게는 겨우 1년이지만, 아이에게는 크나큰 1년이다. 그 1년 동안 놀았던 일, 실패했던 일, 혼났던 일, 칭찬받은 일, 마주 보며 웃었던 일, 그때의 경치와 냄새, 올려다보았던 엄마 아빠의 얼굴, 해가 져서 집에 돌아가야 할 때 좀더 놀고 싶었던 아쉬움, "잘 다녀왔어?" 하는 말을 들었을 때 느낀 안도감…. 그렇게 접한 여러 가지가 어른이 된 지금과는 비교할 수 없을 만큼 묵직한 경험이 되어 자신의 피와 살을 이루어간다.

(아빠가 아이와 함께할 시간은 많지 않다, 8~9쪽)

　아프고 난 후 지금껏 나는 '내가 녀석을 볼 수 있는 시간이 얼마 남지 않았다.'며 온전히 내 관점에서 생각했다. 하지만 이 글을 읽으면서 내가 녀석과 보내는 시간은 '매 순간순간이 내가 아빠로서 녀석과 함께 해줘야 할 시간'이라고 관점을 달리해야 한다는 걸 알았다. 오십줄에 들어선 늦은 아빠가 미처 알지 못하고 깨닫지 못했던 생각이었다.

그렇다. 나는 아빠로서 녀석이 보내고 있는 '아이의 시간'에 항상 함께할 의무가 있고, 한편 아비로서 녀석이 보내는 소중하고 행복한 '아이의 시간'을 함께 지켜볼 권리가 있다. 내가 녀석을 위해 절대 아프지 말아야 할 이유가 여기에 있었다. 이 대목을 읽다가 울컥해서 눈물을 훔치자 이유를 알 리 없는 녀석은 나를 붙잡고 "아빠, 왜 울어? 또 아파?" 하고 나를 안고 토닥거렸다. 아이의 눈에는 아빠가 여전히 환자인가 보다.

이 책은 거창하게 바람직한 아빠상을 제시하는 그런 책이 아니다. 나와 녀석이 함께 보내는 평범한 일상처럼 일어나는 다양한 '아이의 시간'을 아이와 아빠의 관점으로 번갈아가며 이야기하고 있었다. 한마디로 아이와 아빠는 서로 마주 보고 시간을 보내고 있었다.

지금이 둘도 없이 소중한 시간임을 조금 의식한 채로, 우리 집 세 아이와 함께 겪은 사소한 일들을 정리한 것이다. 어쩌면 가족끼리만의 이야기일 뿐일지도 모를 대화들부터 새삼스럽게 알게 된 아이의 마음, 아이에게 잘못했구나, 이건 아니구나 하고 반성

했던 일 등 다양한 일화들을 모았다.

(아빠가 아이와 함께할 시간은 많지 않다, 12쪽)

책을 덮으며 새로 알게 된 한 가지는 '아이와의 시간을 대강 흘려보내는 사이, 아이는 (자신의 인생에서) 어려움을 하나하나 뛰어넘고 여러 가지를 느끼고 생각하며 성장'하고 있다는 것이었다. 내가 절대로 소홀히 해서는 안 되는 시간은, 따로 있었다. 이 책은 제목만으로도 내게 보물 같은 깨달음을 주었다.

책을 읽은 다음날 내가 실천한 건 책으로 가득한 나의 서재를 비워 '녀석의 방'을 만들어주는 일이었다. 서재는 글쟁이인 내게 꼭 필요한 공간이다. 하지만 '아비의 시간'보다 몇 배의 속도로 빠르게 성장할 '녀석의 시간'을 위해 자기 공간을 만들어주고 싶었다. 매일 밤마다 막노동을 하듯 방안 가득한 책들을 홀로 정리하느라 거의 일주일을 보냈다. 제 갈 곳을 잃고 뿔뿔이 흩어지고 분양되어 버린 책들을 생각하면 많이 서운했지만, 제 방이 생겼다며 너무나 기뻐하는 녀석을 보니 덩달아 내 기분도 좋았다.

서재를 정리하면서 정말 많은 책을 주위에 선물했다. 그래도 남은 책은 아파트 부녀회에 기증했다. 부녀회는 입주민들이 책을 싼값에 구입할 수 있도록 바자회를 열어 수익금 수십

만 원을 불우이웃돕기 성금으로 기탁했다고 했다. 내가 서재를 포기하니 아내와 녀석, 그리고 입주민과 불우이웃이 풍요로워졌다.

고르고 골라 남겨놓은 수천 권의 책은 집안 곳곳에 켜켜이 쌓아놓았다. 괴테가 자기의 서재를 가리키며 "곧 죽을 내가 서럽지 않지만, 읽어야 할 책이 저렇게 많은데 다 읽지 못하고 죽는 것은 심히 서럽다."는 식의 말을 한 걸 어느 책에서 읽은 적이 있다. 딱 내 마음 같았다. 고르고 골라 남겨둔 이 책들을 모조리 읽어내리라! 이 책들을 읽지 않고는 '대장암 할아버지'가 와서 내 몸을 때린다고 해도 난 죽지 않을 거라고 책장을 정리하며 새롭게 다짐하고 또 다짐했다.

왜 하필
내게 암이 생겼을까

로또 1등 평균 당첨금은 약 20억 2,900만 원. 이 거액의 주인
공인 로또 1등 당첨자는 많게는 열 명 넘게 매주 배출된다. 그
런데 나는 1등 로또를 팔았다는 가게는 많이 봤어도 1등 당첨
자를 아직 한 번도 본 적이 없다. 그 점에서 암환자는 로또 1
등 당첨자를 많이 닮았다. 사회에서 잘 지내던 사람이 하루아
침에 암과 같은 질병에 걸리면 로또 1등에 당첨된 사람들처
럼 순식간에 이 세상에서 사라지고 만다. 엄밀하게 말하자면
병원과 집에 갇혀 격리되는 것이다. 내가 그랬던 것처럼.

대장암 절제 수술을 받고 D대학병원에 입원해 있던 어느
날, '아, 병원이란 데가 아픈 사람을 치료하는 곳이라기보다 환
자를 건강한 사람들로부터 격리시키는 유배지 같은 곳이 아닐

까.' 하고 생각한 적이 있었다. 한 가정의 남편과 아빠로, 출판
평론가로 살아온 내 모든 역사가 단 며칠 사이에 연기처럼 사
라지고, 난 종양의 저편에 홀로 격리된 채 남겨져 버렸다. 어
처구니없는 현실에 기막히고 어리둥절한 지금의 기분은 30년
전 대학 신입생 시절, 음주운전을 한 선배 차에 동승했다가 사
고가 나서 유치장에 사흘간 갇혀 있던 그날의 황망함과 매우
닮았다. 나는 엄연히 이 세상에 살고 있는데, 세상은 내가 아
예 없었던 것처럼 잘 굴러가고 있었다.

항암치료를 받으러 3주 만에 D대학병원을 다시 찾았을 때
였다. 얼마 전까지만 해도 빛바랜 환자복을 입고 링거대를 끌
고 다니며 병원에 입원했던 나였지만, 그곳을 '탈출'한 후 바라
본 환자의 모습은 무척 생경했다. 이유가 무엇이든 두 번 다시
입고 싶지 않은 환자복과 슬리퍼, 병동에 갇힌 환자들의 모습
은 영락없이 사회라는 전장에서 낙오된 패배자의 모습이었다.
'그들은 아프기 전에 무엇을 했을까? 언제 나갈 수 있는 걸까?
나갈 수 있기는 한 걸까?' 환자와 정상인의 가운데에 서 있는
나는, 언제 다시 환자복을 입을지도 모르는 나는, 슬펐다.

모두가 암 때문이다. 멀쩡하던 내가 하루아침에 세상과 떨
어져 병원에 격리되어 불에 타는 듯한 항암주사와 먹으면 죽
을 만큼 쓰디쓴 약물에 푹 담겨 절여지고, 고립감과 우울증에

고통 받는 건, 모두 저 빌어먹을 암 때문이다.

그래서일지 모른다. 항암치료를 하면 할수록, 그래서 내가 점점 회복될수록 꼭 풀어내고 싶은 숙제가 하나 있었다. 바로 '왜 내게 암이 생겼을까?' 하는 의문이었다. 나는 어찌어찌해서 늦지 않게 암을 발견했고, 수술과 항암치료를 잘 받아서 결국 더 살아낼 것 같다.

하지만 '나이 마흔아홉에 암이라니….' 요즘 같은 백세 시대에 오십도 채 안 된 내가 암에 걸렸다는 건 정말 억울하고 분한 일이다. 왜 하고 많은 사람 중에 하필이면 내가 대장암에 걸렸을까? 그 누구보다 건강하다고 자부한 내게 왜 암이 찾아온 걸까? 정말 궁금했다. 아울러 모든 사건사고에는 원인이 있는 법, 두 번 다시 경험하고 싶지 않은 '암 재발'을 막기 위해서라도 그 원인을 꼭 알아내고 싶었다.

어느 날, 일 년에 절반 이상을 일본 후쿠오카에 머물며 일을 하는 지인에게서 책 한 권과 함께 연락이 왔다. 항암치료 종료도 얼마 남지 않았고, 몸이 서서히 괜찮아지고 있다는 이야기를 들었다며 주말을 이용해 잠깐 일본에 들르라고 했다. 한국에 인편으로 따로 보낸 책은 아서 프랭크의 〈아픈 몸을 살다〉(봄날의 책)였다. 암을 앓았던 일본인 지인이 이 책의 도움을 크게 받았다며 추천하길래 마침 한국어판이 있다고 내가 읽으면 좋겠다며 보내주었다.

후쿠오카에서만 몇 년을 살아서인지 일본을 현지인 수준으로 잘 안다며 후쿠오카에 도착하면 귀국할 때까지 완벽하게 에스코트를 하겠다고 덧붙였다. 수술 후 병원에 입원해 있는 동안 내게 병문안을 오지 못한 것이 끝내 미안했던 모양이다. 그 마음을 알 것 같아 말만이라도 고마웠다.

아닌 게 아니라 여덟 번의 항암치료 중 마지막을 앞두고 있는 지금 약물이 점차 몸에 익숙해지자 내 몸에 머물렀던 고통과 한기가 점점 빠져나가고 봄이 스며드는 것 같았다. 통증과 고통으로 인한 불면의 밤을 보낼 때 눈뜨면 다시 없을 것 같던 '아침'도 내게 찾아들고 있음을 느꼈다. 아프기 전에 느꼈던 초여름 개운한 아침의 기억이 되돌아오고 있었다. '조심만 한다면 잠깐의 여행은 괜찮지 않을까?' 하고 생각하자 설레기 시작했다. 이 얼마만의 설렘인가 기억조차 나지 않았다.

같은 동네 사는 친한 친구에게 일본에 사는 지인이 초대한 사실을 알렸더니 반가운 제안이라며 네가 간다면 자신도 시간을 내서라도 동행하겠다고 했다. 그런데 막상 아내에게 여행 간다고 말을 꺼내려니 염치가 없어 차마 말하지 못했다. 항암치료를 받고 있는 환자가 무슨 여행이냐며 안 된다고 하면 딱히 할 말이 없기 때문이었다.

．
．
．
．
．
．

그러다 문득 '이번 여행이 어쩌면 이번 생의 마지막일지 모르잖아. 언제 또 가볼 거야?' 하는 생각이 들어서 그날 저녁 용기를 내어 아내에게 말했다. 아내는 의외로 의사 친구와 함께 간다면 하루 이틀쯤 어떻겠냐며 선뜻 다녀오라고 했다. 그 말을 듣자마자 나는 아내가 마음을 바꾸기 전에 일본에 있는 동생에게 연락해 당장 떠난다고 알렸다. 그리고 이틀 후 후쿠오카로 떠나는 비행기를 예약했다.

보스턴백에 여분의 옷 한 벌과 속옷, 세면도구와 항암제 그리고 책 한 권을 담았다. 가볍고 단출한 여장(旅裝)은 오랜만에 홀로 떠나는 여행을 실감나게 했다. 바리바리 짊어지고 짐꾼 노릇하는 가족여행만 했는데…. 여장을 꾸리는 동안 미소가 절로 번졌다. 가족들에게 염치가 없어 참으려 했지만 소용없었다. 처음으로 부모를 떠나 수학여행을 가는 초등학생의 마음이 이럴까. 김해공항에서 비행기를 기다리는 동안 친구와 나는 "정말 좋다, 그치? 흐흐흐~" 몇 번을 말하며 키득거렸다.

소설가 김연수도 〈여행할 권리〉라는 에세이집에서 "공항을 찾아가는 까닭은 내가 아닌 다른 존재가 되고자 하는 욕망 때문이 아닐까. 그러니 공항 대합실에서 출발하는 항공편들의 목적지를 볼 때마다 그토록 심하게 가슴이 두근거리겠지." 라며 여행 전 공항에서의 들뜬 기분을 전했다. 우리 기분이 딱 그 정도로 들떠 있었다.

　성 아우구스티누스는 "세계는 한 권의 책이다. 여행하지 않는 자는 그 책의 단지 한 페이지만을 읽을 뿐이다."라며 여행을 칭송한 바 있다. 또 어떤 누군가는 이런 말도 했다. "여행이 행복한 이유는 떠나기 직전의 설렘 때문"이라고. 그런데 그게 다라고. 막상 떠나면 모든 여정은 '개고생'이라고. 나는 개고생 아니라 비행기 타고 이륙하자마자 김해공항으로 회항한다 해도 지금 떠날 수 있어서, 그럴 만큼 건강을 되찾고 있어서 공항에 앉아 비행기를 기다리는 순간이 정말정말 행복했다.

　비행기가 이륙하자 바쁜 하루를 보낸 의사 친구는 잠이 들었다. 나는 커피 한잔 받아들고 세상에서 가장 편한 자세로 가방에 담아온 책을 폈다. 병원에 누워 있는 동안 수백 수천 번을 꿈꾸던 내 모습이었다.

암투병도 내 인생이다

한 시간 남짓한 일본 비행 동안 시간을 잊고 빠져든 책은 〈아픈 몸을 살다〉라는 책이다. 사회학 교수인 저자가 나이 마흔에 심장마비와 고환암을 얻어 투병한 내용을 담고 있었다. 내가 환자로서 품고 있던 의문에 답을 주지는 않을까 하는 기대를 안고 냉큼 집어 들었는데, 기대 이상의 답을 안겨준 책이다.

책을 읽으며 가장 먼저 내 눈을 사로잡은 글귀는 "질병은 삶 일부를 앗아가지만 기회 또한 준다."는 문장이었다. 다음 페이지에서는 "암을 앓고 난 후에는 예전에 있던 곳으로 전혀 돌아가고 싶지 않았다. 변화의 기회를 그냥 흘려보내기엔 너무도 비싼 값을 치렀기 때문이다."라는 문장에서는 무엇에 홀린 듯 한참 동안 시선이 머물렀다. 전에 읽은 기타노 다케시의 책 〈죽기 위해 사는 법〉에서 일그러진 얼굴일망정 생각 없이 살다가 결국 자동차 사고까지 냈던 과거를 잊고 싶지 않아서 일부러 성형을 하지 않는다는 다케시를 떠올리게 하는 대목이었다.

비록 내가 병을 얻어 몸도 마음도 시간도 잃었지만 병이 내게 기회를 준다면 그건 '내가 병을 앓았던 기억'을 어떻게 해석하고 수용할 것인가에 달린 것이 아닐까 하는 생각이 스쳐 지나갔다. 옳거니, 오랜만에 제대로 임자를 만났다는 생각이 들었다. 이번 여행에 읽으면 딱 좋을 책이었다.

공항에 도착하자마자 하루 종일 후쿠오카를 일주하다시피 했다. 일본이라서 즐거운 여행이 아니라 여섯 살짜리 아이 아빠 3명이 아이 없이 다닌 일정이라서 즐거웠다. 낯선 땅에서 우리가 떠든다고 그 누가 알아들을쏘냐 마음껏 수다를 떨며 먹고 마시고 웃고 떠들었다. 얼마 만에 느낀 온전한 해방감인가, 얼마 만에 느낀 행복감인가. 걸음걸음마다 내가 살아 숨 쉬고 있다는 생각이 새록새록 돋아났다. 특히 늦은 밤 나카스 포장마차 거리에서 친구들과 함께 돈코츠 라면을 안주 삼아 마신 따끈한 사케 한 잔은, 잠시나마 내가 암환자라는 사실마저 잊게 할 만큼 멋지고 훌륭한 야식이었다.

202

자정 무렵 숙소로 돌아와 씻고 나왔더니 친구는 고단했는지 코를 골며 자고 있었다. 그것도 퀸 사이즈 침대를 모두 차지한 채. 하지만 난 좀처럼 잠이 오질 않았다. 아니, 잠을 자기가 아까웠다. 읽던 책을 마저 읽을 요량으로 나는 다시 옷을 제대로 차려입고 객실을 나와 엘리베이터를 타고 호텔 로비로 내려왔다. 그리고 로비 한 켠에 은은한 재즈가 흘러나오는 바에 앉았다.

"그레이 구스 보드카 언더락에 라임 넣어서."

이른바 '혼술'을 하며 책 읽기에는 '보드카 라임'만한 게 없다. 암이 발병하기 전에는 맑은 정신에 책을 읽고 싶을 땐 커피를 마시지만, 한두 시간 후에 잠을 자야 하는 늦은 밤엔 보드카 라임을 마시며 책을 읽곤 했다. 두어 잔 정도 비울 때가 되면 적당히 취기가 돌고 눈 풀린 하품이 나온다.

'깊은 밤, 보드카 라임을 마시며 책 읽기' 역시 투병하는 동안 수많은 밤마다 그리워했던 내 모습이었다. 입속을 감도는 상쾌한 라임의 첫맛과 보드카의 묵직한 뒷맛을 음미하며 비행기에서 읽다가 덮어둔 〈아픈 몸을 살다〉를 펴서 읽기 시작했다. 책장을 넘기다 '질병은 싸워야 할 대상이 아니다'라는 소제목에 시선이 멈췄다. 이 글의 첫 문장인 "종양이 애초에 어떻게 생겨났을까"는 암이 생긴 이후 내가 지금 품고 있던 질문이었기 때문이다.

> 암은 단지 신체 과정의 일부로, 나에게 '그냥 생겼다'. (…) 내가
> 어떤 일을 해서 암을 일으키지 않았지만, 그렇다고 병이 날 운
> 명인 몸을 제비뽑기하듯 뽑은 것이 질병의 전부는 아니다. 암이
> '내게' 일어날 때, 다른 사람이 아니라 바로 내게 일어날 때, 암은
> 더는 임의적이지 않다.
>
> (아픈 몸을 살다, 139~140쪽)

누군가 "왜 하필 네가 암이야?"라며 물으면 암에 걸린 이유
를 알 수 없는 나는, 그저 "그러게 말야. 내가 그렇게 잘못 산
것 같지 않거든." 하고 대답하곤 했다. 하지만 '암이 내 탓은 아
니다.'라고 생각하는 것과 '암이 그냥 생겼다.'고 생각하는 것
은 관점 자체가 다르다. 저자의 말대로 '내가 어떻게 살았던
것과 상관없이' 암이 그냥 내게 생긴 거라면, 그건 우리가 체
념할 때 항상 내뱉던 '그럴 팔자였다.'가 답인 셈이다.

그런 복불복으로 암이 발병하는 거라면 이건 더 억울한 일
이라고 나는 생각했다. 최소한 세포분열 중에 생긴 돌연변이
가 폭발적으로 무한성장을 하는 놈이 '암'이라면 그런 유전자
를 내게 준 부모라도 원망할 텐데, 동아일보 정치부에서 활동

하다가 백혈병에 걸린 황승택 기자가 자신의 투병기를 쓴 책 〈저는, 암병동 특파원입니다〉(민음사)라는 책을 보면 그마저도 틀린 듯하다.

　존스홉킨스 연구 팀이 〈사이언스〉에 발표한 논문에 따르면 영국 여성의 발암 유전자 돌연변이 원인을 분석해 보니, 환경에 의한 것이 29퍼센트, 유전적 요인이 5퍼센트, 무작위 오류에 의한 돌연변이가 66퍼센트로 나타났습니다. 한마디로 부모의 유전적 영향은 극히 미미하며, 알 수 없는 원인으로 발병하는 암이 가장 많다는 겁니다. 특히 제가 앓고 있는 백혈병 같은 골수암은 무려 95퍼센트가 알 수 없는 유전자 돌연변이로 발생한다고 합니다.

(저는, 암병동 특파원입니다, 182쪽)

　암 발병의 원인을 두고 〈아픈 몸을 살다〉는 책에서는 '그냥 생겼다'고 생각하는 게 속 편하다고 하고, 이 책은 '무작위 오류에 의한 돌연변이'로 보는 것이 타당하다고 한다. 한마디로 정확한 원인은 찾을 수 없다는 거였다. 아서 프랭크는 암 발병의 원인을 찾던 나의 허무함을 이미 알았다는 듯 또다시 나를 설득했다.

우리는 암이나 종양과 싸울 수 없다. 할 수 있는 일은 몸의 의
지를 믿고 의학에서 최대한 많은 도움을 받는 것이 전부다. 우리
는 수년 동안의 의식적인 행동을 통해 몸의 의지를 형성하지만
결국 일어날 일은 일어난다. 나는 우리가 건강할 수 있는 가능성
으로 차 있다고 여전히 믿지만, 분명 우리는 언젠가 죽는다. 병
이 났다고 죄책감을 느낄 만큼, 아니면 건강하다고 자랑스러워
할 만큼 나는 전능하지 않다. 내가 할 수 있는 일은 오직, 벌어지
는 일을 받아들이고 어떻게 살아갈지 계속 모색하는 것뿐이다.

(아픈 몸을 살다, 141쪽)

그는 '언젠가 우리는 분명히 죽을 것인데, 암에 걸린 이유를
찾는 게 무엇이 그리 중요한가?' 하고 내게 되묻고 있었다. 그
러면서 그럴 바엔 차라리 암에 걸린 걸 받아들이고 남은 생을
더 잘 살기를 모색하는 것이 더 낫지 않겠냐고 나를 다독였다.
이 대목에서 나는 문득 드는 기시감에 '아~' 하고 탄식했다.
아서 프랭크의 이 생각은 내가 대장암 절제 수술을 하고 입원
해 있으면서 '죽다가 살아난 나'를 돌아보며 스스로에게 다짐
했던 생각이었다. 그런데 항암치료를 끝내 가는 지금 나는 그
때를 잊고 또다시 암에 걸린 사실을 원망하며 그 원인을 찾고
있던 것이다.

정말이지 내 인생은 암 환자가 된 후 흑백 화면으로 변해버렸다. 수술날짜를 받아놓고 병실에 누워 하루하루 버티는 동안, 갑작스러운 교통사고나 천재지변으로 갑작스럽게 죽음을 맞이하는 사람들의 뉴스를 보면서 어쩌면 저들이 나보다 운이 좋은 사람일지도 모르겠다는 흉칙한 생각을 하며 부러워한 적이 있었다. 겉으로 보기엔 사지가 멀쩡한데 속에는 시뻘건 암 덩어리가 들어앉아 내장 곳곳을 조금씩 갉아먹고 있는 모순을 알면서도 아무렇지 않은 듯 숨 쉬고 있는 건 차라리 죽느니만 못 하다는 생각이 들었다.

그 괴로운 시간들을 버텨서 수술을 하고 또다시 살아났더니, 항암치료라는 2라운드가 시작되었다. 항암치료는 딱 죽지 않을 만큼까지 아프다가 괜찮다가 하기를 마치 미친 듯이 오르락내리락 반복하는 롤러코스터를 3주 동안 타는 것 같았다. 심지어 3주마다 여덟 번을 거듭하고 있었다.

나는 항암치료를 하면서 겪는 아픔과 괴로움 그리고 외로움을, 누군가에게 그대로 전하고 싶었다. 아무리 그래봐야 물리적인 고통은 줄지 않는다는 걸 알지만, 누군가 나를 알아주고 공감해 준다면 내가 이 세상에 혼자가 아니라는 안도감에 아픈 오늘을 버텨낼 수 있을 것만 같았다.

하지만 내겐, 딱히 고백할 대상이 없었다. 결국 '혼자 앓고 말지, *끄응.*' 하고 번번이 포기하고 말았다. 이에 대해 아서 프랭크는 내 하소연에 대답해 주는 듯했다. 항암치료 후 완치되어 정상인으로 10년을 더 살고 있는 그가 내게 던지는 뼈 때리는 조언이었다.

많은 것을 잃겠지만 그만큼 기회가 올 겁니다. 관계들은 더 가까워지고, 삶은 더 가슴 저미도록 깊어지고, 가치는 더 명료해질 거예요. 당신에게는 이제 자신의 일부가 아니게 된 것들을 애도할 자격이 있지만, 슬퍼만 하다가 당신이 앞으로 무엇이 될 수 있는지 느끼는 감각이 흐려져선 안 돼요. 당신은 위험한 기회에 올라탄 겁니다. 운명을 저주하지 말길, 다만 당신 앞에서 열리는 가능성을 보길 바랍니다.

(아픈 몸을 살다, 17쪽)

아서 프랭크는 암 발병을 '위험한 기회'라고 했다. 그리고 암에 걸린 건 분명히 위험천만한 일이고 투병 역시 외롭고 힘든 일이지만, 잘 헤쳐나간다면 암에 걸리지 않았던 이전의 삶과는 다른, 남은 주어진 삶을 더 내 것으로 살 수 있을 거라며 내 어깨를 두드려주었다. 내가 지금 고민해야 할 건 왜 암에 걸렸느냐가 아니라 암으로부터 점점 벗어나고 있는 오늘에 주

목하는 거라고 말하고 있었다.

내가 항암치료를 통해 체득한 건 암은 절대로 내 몸에서 사라지지 않으리란 거였다. 안타깝지만 이 말은 곧 암은 완치할 수는 없는 병이란 거다. 만약 내가 항암치료를 잘 받고 건강을 유지해서 면역력을 잘 관리한다면 암이 재발할 일은 없겠지만, 그 반대라면 언제든 암은 새로운 형태로 다시 내 몸을 때릴 것이다. 그렇기에 암은 치료가 아니라 관리 대상인 것이다. 그 점에서 난 평생 암을 의식하며 암환자로 사는 것이 아닌가 하고 좌절했던 것이 사실이다.

하지만 아서 프랭크의 글을 읽으며 암환자가 된 내 처지를 지나치게 비관만 하고 있는 건 아닐까 생각했다. 엄밀하게 따져보면 암 발병은 지금까지 살아온 내 인생의 어느 지점에서부터 암환자의 삶이 더해진 흔적일 뿐인데 말이다. 물론 암으로 상한 몸뚱이는 절대로 암이 걸리기 이전으로 회복되지 않을 것이다. 하지만 그렇다고 해서 마치 죄인처럼 평생 암에 사로잡힌 암환자로 살 일도 아니지 않은가.

그렇다. 나는 암에 걸려 크게 아팠다. 하지만 분명한 건 아프면서 그전과는 다른 내가 되었다는 거다. 항암치료를 하는 동안 나는 인생이라는 한 사람의 삶이 얼마나 짧은지 깨달았다. 인생은 말 그대로 '찰나의 순간'이다. 나는 이제라도 남은 인

생을, 오늘 지금 이 순간을 최대한 밀도 있게 만끽하며 살아야
겠다. 무엇보다 새삼 깨달은 것은. 내가 암투병을 하며 보내는
이 시간도 소중한 인생의 한 순간이라는 점이다.

소중한 가족,
'찌비'를 떠나보내다

스무 해를 함께 산 가족, 암컷 시추인 '찌비'가 갑자기 죽었다. 이십 년 전 막냇동생이 친구 집에 놀러갔다가 얻어온 후 지금 껏 나와 함께 살았던 찌비는 나에게는 여동생 같은 가족이자, 아내에게는 시누이가 아닌 '시강아지'였다. 개의 나이가 열여 덟 살이면 사람의 나이로는 백 살이라고 한다. 스무 살을 산 찌비의 죽음을 두고 주위에서는 찌비가 충분히 살았고 행복 하게 잘 살았을 거라고 말해주지만, 가족의 죽음에 '호상(好 喪)'이란 말은 어울리지 않는다.

　소설가 필립 로스의 말대로 '노화는 전투가 아니라 학살' 같 았다. 지난해 초부터 노화 탓에 들리지 않고 보이지 않게 된 찌비는 무척 힘든 나날을 보냈다. 온전히 후각과 촉각에 의존

해서 비틀거리며 살아가는 찌비, 그것을 지켜보는 가족들도 함께 비틀거리고 흔들렸다. 찌비는 앞이 보이지 않게 되자 집 안을 조금만 걸어도 여기저기 부딪히고 넘어져서 상처가 나고 멍이 들었다. 전혀 들리지 않기에 낮밤을 가리지 않고 '거기 누구 없소?'라고 외치듯 하울링을 했다. 평생 배변판에 용변을 보던 찌비였지만 언젠가부터 배변판까지 가지 못하고 뱅뱅거 리다 맨바닥에 똥과 오줌을 누었다. 나중에는 그마저도 힘이 부쳤는지 마루든 쿠션이든 가리지 않고 앉은자리에서 실례를 했다.

가족들이 그 모습을 지켜보기가 안쓰러움을 넘어 힘겨워질 무렵, 먹성 좋던 찌비의 식욕이 갑자기 떨어지기 시작했다. 그 러더니 어느 날 갑자기 입을 굳게 닫아버리고 물조차 마시지 않으려 했다. 수의사인 아내가 탈수를 염려해 수액을 맞추고 영양제를 놔줬지만 노화가 가져온 죽음은 피할 수 없었다. 찌 비는 입을 닫은 지 사흘 만에 숨을 거두고 말았다. 그날은 아 침부터 정말 많은 겨울비가 내렸다.

가족의 죽음에 가장 괴로워한 건 아들이었다. 녀석에게 찌 비는 친구이자 '작고 털 많은 고모' 같은 존재였다. 유치원에 서 돌아온 녀석에게 아내가 조심스럽게 '찌비의 죽음'을 알렸 다. 그러자 녀석은 너무나 슬픈 나머지 주저앉아 발을 동동 구르면서 울었다. 생애 처음으로 죽음을 접한 여섯 살 난 녀석이 할 수 있는 유일한 방법은 어딘지 모를 찌비가 있는 곳까지 들릴 만큼 그저 끝 간 데 없이 우는 것뿐이었다.

시간이 멈춘 듯 울기만 하는 녀석을 지켜보는 건 찌비의 죽음만큼 무척 괴로운 일이었다. 찌비의 죽음은 예정된 수순이었다. 하지만 나는 대비하지 못했다. 아니, 찌비의 죽음을 부정하고 싶은 나머지 애써 외면했는지도 모른다. 그래서 찌비를 잃은 녀석의 슬픔이 이렇게 클 거라 미처 생각하지 못했다.

탄생이 듦이면 죽음은 낢이다. 생명의 듦고 낢은 지극히 자연스러운 일, 한 생명이 있었음을 기억하는 애도(哀悼) 역시 자연스런 일이다. 녀석이 울면서 '내 기억 속에 남겨진' 찌비를 추억하는 시간은 삶과 죽음이 가장 가깝게 만나는 순간이었다.

이름을 불러 잡초가 꽃이 되듯 죽은 생명은 자신을 기억해주는 가슴속에서 되살아난다. 내가 그(녀)를 기억하는 것은 사랑했다는 증거다. 나는 지칠 때까지 우는 녀석의 건강이 걱정되어 말릴까도 생각했지만, 녀석의 애도방식은 녀석이 찌비를 사랑한 만큼 가져야 할 시간이었다. 그 후 한참이 지나서야 녀석의 울음이 잦아들었다.

내 슬픔보다 녀석의 슬픔에 걱정이 앞서고, 찌비의 장례식를 위해 비 오는 밤길 운전을 고민해야 했던 나는, 그래서 울지 못했다. 그저 마냥 훌쩍거리고 있는 모자(母子)의 슬픔을 어찌 달래야 할지 걱정만 했다. 하지만 난 '입 밖으로 표현하지 않은 슬픔만한 슬픔은 없다.'고 했던 시인 롱펠로의 말을 믿는다. 내 슬픔을 극복하기 위한 방법은 그저 가족의 슬픔을 지켜보면서 느리고 힘겹게 흐르는 이 슬픈 시간들을 견디는 것뿐이었다.

반려동물 전문 장례업체에 맡겨진 찌비의 시신은 한 시간 만에 고운 먼지가 되어 유골함에 담겼다. 녀석은 화장을 하기 전 찌비를 마지막으로 꼭 껴안고 울며 이렇게 말했다. "잘 가, 찌비야. 매일 나랑 만나자." 유골함을 집에 데려온 녀석은 현관 복도에 테이블을 놓고 세 살 무렵 세 발 자전거 뒤에 찌비를 태우고 찍은 사진 아래에 내려놓고 수시로 달려가 한주먹 재가 되어버린 찌비를 어루만지며 울며 또 말을 걸었다.

그걸로도 부족했던 모양이다. 녀석은 좋은 일이든 슬픈 일이든 기분이 동할 때마다 수시로 찌비를 찾으며 울었다. 슬픔에 식욕마저 잃은 듯 잘 먹지도 못했고, 간신히 조금 먹었나 싶으면 또 울다가 토했다. 녀석은 찌비를 잃고 사흘 사이 3킬로그램이나 빠졌다. 자신의 체중에 거의 15%에 해당하는 몸무게였다. 녀석은 찌비를 별다른 존재로 생각지 않다가도 힘들 때나 무서울 때, 그리고 가끔은 심심할 때나 행복할 때 찾는 배경이고 풍경이고 든든한 기둥 같은 존재였다.

녀석이 물었다. "아빠, 찌비 같은 강아지도 천국에 갈까요?"

"물론이지. 찌비는 우리 가족을 정말 사랑했잖아. 그러니까 찌비는 예쁜 무지개 다리를 건너서 천국에서 우리 가족을 기다리면서 놀고 있을 거야. 나중에 또다시 만날 수 있어."

"정말이죠?" 녀석이 눈물을 훔치며 모처럼 웃었다.

'든 자리는 몰라도 난 자리는 안다.'는 옛말이 실감났다. 녀석이 너무 어린 나이에 남겨진 자의 슬픔을 겪고 있는 것 같아서 내 가슴이 무너져 내렸다. 혹시라도 내가 죽는다면 녀석은 지금보다 더 슬퍼할 텐데…. 그 이상은 상상조차 하기 힘들어서 나는 눈을 질끈 감았다.

찌비가 죽은 후 나흘째 비가 내렸다. 녀석은 찌비가 죽은 후 매일 밤 자다 울다 반복했다. 난 녀석의 불안한 모습을 볼 때마다 조금 더 빨리 다가온 '나의 죽음'에 대해 생각했다. 나는 발병 이후 새로운 운명으로 살아야 한다면 사고방식도 달라야 한다고 생각했다. 아마도 매일매일 죽음을 의식하며 사는 것이 아닐까 싶다.

태어나면서부터 하루하루 죽음에 가깝게 다가서고 있는 게

인간의 삶이다. 그래서 죽음은 삶의 반대가 아닌 일부이다. 영화 〈뱀파이어와의 인터뷰〉에서 뱀파이어로 분한 브래드 피트가 나약해 빠진 인간에게 단 한 가지 부러웠던 건 자연의 이치인 '유한한 삶'이었다. 하지만 난 이제껏 마치 뱀파이어나 된 양 천년만년 살 것처럼 온갖 욕망과 이기심으로 가득 채운 헛된 인생을 살았다.

어느 날 병이 들어 죽음이란 단어를 떠올리니 그제야 '앗!' 하는 찰나의 순간처럼 지나가 버리는 것이 삶인 걸 새삼 깨달았다. '메멘토 모리'는 내가 그냥 듣고 귓등으로 흘릴 금언이 아니었다. 좀더 일찍 죽음을 알았더라면 시간의 유한함도, 오늘이라는 시간이 얼마나 간절한지도 자연스럽게 배웠을 텐데…. 난 항상 늦은 후회를 한다.

내일 죽을 것처럼
오늘을 살겠어!

겨울비가 끝을 모르고 내리고 있었다. 미치 앨봄이 쓴 〈모리와 함께한 화요일〉(세종서적)은 예전에 내게 '어떻게 죽어야 할지 알면 어떻게 살아야 할지 알게 된다.'는 아포리즘을 전해준 책이었다. 기억을 더듬어 한참 동안 서재에 서서 이 책을 찾았다. 빗소리가 책장 넘기는 소리에 젖어들었다.

　미국에서 꽤 유명한 스포츠 칼럼리스트로 활동하던 미치 앨봄은 어느 날 한 TV 프로그램에서 루게릭병으로 잘 알려진 근위축성측삭경화증을 앓고 있는 대학시절 지도교수 모리 슈워츠의 병색 짙은 모습을 보게 된다. 대학시절 남다른 가르침과 사랑을 전해줬던 교수와 16년 동안 연락하지 않고 지냈던 미치였다. 이후 미치는 모리 교수가 숨을 거둘 때까지 매주 화요

일마다 모리 교수의 집을 찾아가 사랑, 일, 공동체사회, 가족이
나이 든다는 것, 용서나 후회의 감정, 결혼과 같은 인생에 대
해 이야기를 나눴다. 모두 열네 번에 걸친 '화요일의 만남'은
모리 교수의 '마지막 강의'였고, 〈모리와 함께한 화요일〉에 그
내용이 고스란히 담겼다.

　루게릭병은 촛불과도 같다. 그 병은 신경을 녹여 몸을 밀랍 같
은 것이 쌓이게 한다. 이 병은 다리에서 시작되어 차츰차츰 위
로 올라오는 경우가 많다. 허벅지 근육이 제어력을 잃으면 자기
힘으로만 서 있을 수 없게 된다. 더 심해져 몸통 근육이 제어력
을 잃으면 똑바로 서 있을 수도 없게 된다. 결국 이 지경에 이를
때까지 죽지 않고 살아 있다면, 환자는 목에 구멍을 뚫고 튜브로
호흡해야 한다. 하지만 완벽하게 말짱한 정신은 무기력한 몸속
에 갇히게 된다.

(모리와 함께한 화요일, 24쪽)

　"땅속으로 들어가고 나면 그걸로 끝이야."라는 모리 교수의
말처럼 아무것도 가져갈 것 없는 죽음 앞에서 인간이 무슨 사
념(邪念)이 있을까. 그의 말에 다시 귀 기울이는 이유는 이 책
이 곧 죽어서 흙으로 되돌아갈 가장 순수한 순간의 인간이 이

야기하고 있어서다. '오늘이 마지막 날인 것처럼 살라.'는 말은
익히 들었다. 하지만 정작 그렇게 사는 사람은 몇 없다. 모리
교수는 우리가 그렇게 사는 이유에 대해 이렇게 말했다.

　미치, 우리의 문화는 죽음이 임박할 때까지는 그런 것들을 생
각하도록 놔두질 않는다네. 우리는 이기적인 것들에 둘러싸여
서 살고 있어. 경력, 가족, 또 주택 융자금을 갚아낼 돈은 충분한
가, 새 차를 살 여유가 있는가, 고장 난 난방장치를 수리할 돈이
있는가 등등. 우린 그냥 생활을 지속시키기 위해 수만 가지 사소
한 일들에 휩싸여 살아. 그래서 한발 뒤로 물러서서 우리의 삶을
관조하며 '이게 다인가? 이게 진정으로 내가 원하는 건가? 뭔가
빠진 건 없나?' 하고 돌아보는 습관을 갖지 못하지.
　교수님은 잠시 말을 멈추었다. "누군가 그런 방향으로 이끌
어줄 사람이 필요해. 혼자선 그런 생각을 하며 살기 힘든 법이
거든."

(모리와 함께한 화요일, 90~91쪽)

　나는 정신이 번쩍 들었다. 아프기 전까지 나 역시 세상 사람
들이 '해야 한다고 생각되는 일을 기계적으로 하면서 반쯤 졸
면서' 살았다. 말 그대로 생각한 대로 산 것이 아니라, 사는 대

로 생각한 셈이었다. 모리 교수는 '어떻게 죽어야 할지 배우게 되면 어떻게 살아야 할지도 배울 수 있다.'고 말했다. 이 말은 곧 "죽을 때 후회하지 않는 삶은 무엇인가?" 하는 세상 사람들의 질문에 대한 답처럼 들렸다. 또한 그는 자신의 감정에 충분히 충실하게 살되, 오래 머물지는 말라며 이렇게 조언한다.

외로움에 대해서도 마찬가지다. 감정을 풀어놓고 눈물을 흘리고 충분히 느껴라. 그러면 결국 이렇게 말할 수 있게 된다. '좋아. 그건 내가 쓸쓸함을 느끼는 한순간일 뿐이었어. 난 쓸쓸함을 느끼는 게 두렵지 않아. 하지만 지금은 옆으로 밀어놓고, 이 세상에 있는 또 다른 감정을 맛봐야겠어. 다른 것들도 경험해 봐야지.

(모리와 함께한 화요일, 139~140쪽)

감정을 자제하면 그 노력 때문에 결국 마음이 상하게 된다. 자유롭게 분출되지 못한 감정이 곧 스트레스는 아닐까. 불교도들은 이렇게 말한다. '세상 것에 매달리지 말라. 영원한 것은 없으니까.' 인간에게 사람으로 사는 가장 숭고한 마음은 마지막 순간까지 고통을 감수하며 자신의 감정과 생각을 기꺼이 나누는 거라고 꺼져가는 숨을 쉬며 모리 교수는 말하고 있다.

레프 톨스토이는 〈지혜의 달력〉에서 삶과 죽음에 대해 "인생을 살아가는 방법에는 딱 두 가지가 있다. 죽음을 생각하지 않은 채 그냥 살아가는 방법, 그리고 삶의 매 시간 죽음에 다가가고 있다는 사실을 인식하며 살아가는 방법"이라고 말했다. 남은 인생이라고 뭉뚱그려 생각하면 막연해진다. 막연하면 계획도 각오도 막연해진다. 여태껏 나는 대략 1만 8,615일 정도 살았고, 운이 좋아서 80살까지 산다고 가정하면 아직 1만 여 일이나 남았다.

문득 〈그리스인 조르바〉의 한 대목이 생각난다. 조르바가 내일이라도 당장 죽을 것같이 늙은 노인이 묘목을 심고 있는 것을 보고 의아하게 여겨 "왜 묘목을 심고 있냐?"라고 물었다. 이 나무가 다 자랄 때까지 살지도 못할 거면서 묘목을 심는 이유가 도대체 뭐냐는 뜻이었다. 그러자 노인은 "나는 결코 죽지 않을 것처럼 살고 있기 때문이다."라고 대답했다. 멋들어진 말에 감동한 조르바, 하지만 그는 곧 이렇게 대답했다.

"흥, 그렇담 난 내일 죽을 것처럼 살겠소."

'인생은 인생일 뿐, 난 내일 죽을 것처럼 살겠다.' 지금 쇠털같이 많은 1만 여 일 동안 내 가슴에 품고 살아갈 한마디다.

오늘 지금 이 순간을 최대한 밀도 있게 만끽하며 살아야겠다. 무엇보다 새삼 깨달은 것은. 내가 암투병을 하며 보내는 이 시간도 내 소중한 인생의 한순간이라는 점이다.

김정운, 〈나는 아내와의 결혼을 후회한다〉, 21세기북스, 2015
이 책은 '행복하려거든 매일 감탄하며 살라.'는 메시지를 전해주었다. 남은 항암
치료 기간을 잘 버티며 보낼 수 있는 더할 나위 없는 충고이자 격려였다.

후세 타로, 배형은 옮김, 〈아빠가 아이가 함께할 시간이 많지 않다〉,
갈대상자, 2017
내가 절대로 소홀해서는 안 되는 시간은, 따로 있었다. 이 책은 제목만으로도 내
게 보물 같은 깨달음을 주었다.

아서 프랭크, 메이 옮김, 〈아픈 몸을 살다〉, 봄날의 책, 2017
"당신은 위험한 기회에 올라탄 겁니다. 운명을 저주하지 말길, 다만 당신 앞에서
열린 가능성을 보길 바랍니다."

미치 앨봄, 공경희 옮김, 〈모리와 함께한 화요일〉, 세종서적, 2002
인간에게 사람으로 사는 가장 숭고한 마음은 마지막 순간까지 고통을 감수하며
자신의 감정과 생각을 기꺼이 나눈 거라고 꺼져가는 숨을 쉬며 모리 교수는 말하
고 있다.

항암
종료

4일씩 더 빠르게
흐르는 시간

항암치료를 모두 마치는 날, 이른 아침 부산 D대학병원을 찾았다. 혈액채취실에서 혈액을 뽑고 암세포 전이 여부를 파악하기 위한 이른바 뼈CT를 찍기 위해 핵의학과로 내려갔다. 뼈CT를 찍으려면 방사능 동위원소가 들어간 정맥주사를 맞고 3시간 정도를 기다려야 한다.

정맥주사는 조영제 역할을 해서 뼈CT 촬영을 할 때 몸에 암세포의 존재 여부를 보여주는 역할을 한다. 그러다 보니 암 존재 여부를 확인하기 위해 발암물질을 몸에 집어넣는 셈이다. 방호복으로 철저하게 무장한 의사는 납으로 추정되는 철판 뒤에서 내 팔에 동위원소가 들어간 정맥주사액을 집어넣었다. 의사는 주사 후 "동위원소를 넣었으니까 오늘은 물 많이 마셔야 해요." 하고 내게 말했다. 하루 종일 5리터를 마신다 해도 동위원소가 내 몸에서 100% 씻기지 않으리란 걸 잘 알기에 오히려 그 말에 뒷맛이 씁쓸했다.

병원에서 요구한 검사를 모두 마치고 병원문을 나서니 어느덧 해가 뉘엿뉘엿 지고 있었다. 검사 결과를 의사에게 들으려면 한 주를 더 기다려야 했다. 지금껏 살면서 가장 초조하고 힘겨운 일주일이 흘렀다.

의사에게 검진결과를 들으러 진료실에 들어갔다. 담당의사는 내게 간단히 목례만 하고 한참 동안 모니터를 들여다봤다. 나는 모니터 너머 의사가 숨 쉬는 모습까지 뚫어지게 살폈다. 지금 내가 할 수 있는 일은 그것뿐이었다. 의사는 머리를 갸웃거리는가 하면 아무 말 없이 부지런히 마우스를 움직이며 사진을 확대하고 관찰하기를 반복했다. 가슴은 점점 빨라지고 호흡도 가빠졌다. 극도로 긴장된 이 순간, 재판장에서 판사의 선고를 기다리는 피고의 마음이 이럴까. 의사가 드디어 입을 열었다.

"일단 괜찮습니다. 의심되는 거 안 보이고요, 깨끗합니다. 이제부터 5년 동안 3개월마다 검사하면서 상태를 살펴보겠습니다. 그동안 수고 많으셨습니다."

다음 검사가 있는 3개월 후까지는 무슨 일이 생길지 알 수 없지만, 오늘까지는 정상이라고 의사는 말했다. 대장암 절제 수술 후 예방적 차원에서 했던 항암치료였지만 항암치료를 하는 동안 별 탈 없이 무사히 잘 마쳤고 결과도 좋다니 다행스러웠다. 더 긍정적으로 생각하면 다음 검사 때까지는 '안심해도 좋다.'는 의미였다. 나도 모르게 깊은 한숨이 나왔다.

"고맙습니다, 선생님. 정말 고맙습니다." 고개가 절로 숙여졌다. 거의 1년 만에 처방전 없이 진료실 문을 나섰다. 난 더이상 약을 먹을 필요가 없는 사람이 되었다. 어디선가 시원한 바람이 나를 훑고 지나갔다. 더이상 바람이 따갑거나 춥지도 않았다. 이제 다 끝났다고 생각하자 긴장이 풀려 휘청거렸다.

진료실을 나와 대기실 의자에 앉았다. 앉아 있는 잠깐 사이 암 발병 이후 거의 일 년 동안 내게 일어난 모든 일이 영화 속 한 장면처럼 스쳐 지나갔다. 만감이 교차하고 흥분되고 떨려서 나는 두 손으로 머리를 감싸고 고개를 숙였다. 울고 싶었다. 그러면 속이 '뻥~' 하고 시원하게 뚫릴 것 같았다. 하지만 아쉽게도 울음이 나오지 않았다. 마음이 진정되기를 기다리며 조금 진정되자 '앞으로 어떤 인생을 살 것인가.' 하는 생각이 들었다. 지금 이 순간, 내가 꼭 짚고 넘어가야 할 숙제였다.

나는 이제부터 보통의 사람보다 4일씩 더 빠른 매일을 살게 될 것이다. 왜냐하면 내가 항암치료를 아무리 잘 받았다 할지라도 대장암 3기 환자의 대장암 재발률은 40퍼센트여서 보통 사람이 암에 걸릴 확률보다 4배 정도 높다. 그리고 앞으로 5년 동안 3개월마다 암 발병 여부를 살피기 위해 혈액검사를 포함한 다양한 검사를 해야 한다. 이처럼 종양 절제 수술과 항암치료, 그리고 5년이라는 긴 시간을 두고 거듭된 치료와 검사를 한다는 건 아무리 수술 경험이 많은 의사가 첨단 의학기술의 도움을 받아 수술했다고 하더라도 암세포를 100퍼센트 죽일 수 없다는 뜻이다.

왜 아니겠는가. 내 몸은 약 206개의 뼈와 640개의 근육으로 만들어졌다. 그리고 많게는 1분에 100번도 넘게 펄떡거리는 심장과 하루 1만 리터 이상의 공기를 소비하며 운동하는 허파도 들어 있다. 게다가 무게로는 1킬로그램 남짓 안 되지만 길게는 100년의 세월 동안 생각하고, 움직이고, 기억하고, 꿈꾸게 만드는 뇌와 12만 킬로미터 길이의 혈관과 100조의 체세포도 있으니, 한마디로 내 몸은 여느 기계들보다 만 배는 더 복잡한 수십억 개의 부속품으로 만들어졌다.

이럴진대 한동안 암을 달고 살았던 몸뚱이로 수술을 했으니, '앞으로 내게는 절대 암이 재발하지 않아!' 하고 장담하는 건, 새빨간 거짓말이다. 그래서 어림잡아 계산해서 내린 결론은 내가 남은 인생을 살면서 암에 걸려 죽을 확률은 다른 사람보다 4배 정도 더 높다는 것이다. 그렇다고 해서 나는 이 엄연한 현실을 부정하거나 탓할 마음은 없다. 슬퍼하거나 우울해할 생각도 없다. 내가 암에 걸린 건 이미 엎질러진 물이 아니던가. 컵에 물을 새롭게 담듯 앞으로의 삶을 더 건강하게 사는 것이 내가 할 수 있는 유일한 방법이다.

그래서 생각을 조금 바꿔서 오늘부터 내가 보내는 하루는 다른 사람보다 4배 더 빨리 흐른다고 생각하기로 했다. 그런만큼 하루를 더 치열하게 살기로 작정했다. 여기서 치열하게 산다는 건 '시간에 쫓기듯' 각박하게 사는 게 아니라 일하든, 놀든, 쉬든, 그 무엇을 하든 더욱 '밀도 있게, 그리고 만끽하며' 산다는 뜻이다. 철학자 니체는 "시련으로 죽지 않는 한, 사람은 그 시련으로부터 더욱 단단해진다."고 말했다. 멍청하게도 나는 암을 얻고 나서야 더 바람직한 삶을 계획했다. 암이 병도 주고 약도 줬다. 참 얄미운 암이다.

내가 암에 걸린 건 누구의 탓도 아니라, 지금껏 '내가 헛살아서'다. 내 삶을 살펴보건데 그건 절대 부정할 수 없었다. 생활도 잘 못 했고, 생각도 잘 못 하고 살았던 탓이다. 난 현실에 만족하기보다 항상 더 높은 이상과 드라마틱한 꿈만 좇았다. 그리고 그 높은 이상에 도달하지 못하는 자신을 스스로 할퀴고 꼬집으며 불행하다고 여기며 살았다. 그렇게 사는 게 나 역시 힘들었지만, 이런 게 자기계발이고 나를 발전시키는 과정이라고 생각했다. 정말 바보 같았다.

특히 지금보다 더 나은 내일을 위해 산다며 오늘의 행복을 저당 잡히며 하루하루를 버티듯 살아온 내 자신이 부끄럽고 너무 한심스럽다. 아프기 전 아내는 종종 내게 매일 헛꿈만 꾸고 구름 위만 걷듯 비현실적인 삶만 산다고 핀잔했는데, 틀린 말이 하나도 없다. 오늘의 총합이 인생인데, 정작 중요한 오늘을 제대로 살지 않았다. 그러다 보니 암이 생긴 것이다. 정말이지 난, 헛살았다.

게다가 난 '걱정 대마왕'이었다. 어려서부터 알 수 없는 미래를 기대하기보다 걱정하며 '유비무환'을 입에 달고 살았다. 나중에는 '걱정이 없는 지금의 나'를 또 걱정할 만큼 강박적으로 살아왔다. 하지만 정작 걱정하는 일 중 대부분은 일어나지 않았다.

누군가 따져봤더니 걱정 100개 중 40개는 절대 일어날 수 없는 것들이었고, 30개는 이미 일어나서 걱정할 필요가 없는 일이었다. 나머지 남은 걱정 중에 22개는 걱정하지 않아도 될 만큼 사소한 것들이었다. 이제 100개의 걱정 중 남은 것은 8개, 그중 4개는 어차피 걱정해 봤자 내가 전혀 손쓸 수 없

는 일들이고, 나머지 4개만이 내가 정말로 걱정해서 풀어내야
할 일이더란다. 나의 100가지 걱정 중에서 진짜로 고민해야
할 걱정은 고작 4개였다. 그렇다. 지금껏 난 일어나지도 않을
쓸데없는 걱정을 하느라 행복한 오늘을 만끽하지 못하고 있
었다.

대장암에 걸린 뒤 뼈아프게 깨달은 건 소박하고 평범한 하
루의 일상이야말로 행복한 순간이라는 거다. 돌이켜보건대 시
간을 잊고 늘어지게 낮잠을 잤던 시간, 좋아하는 TV 프로그램
을 몇 시간 동안 푹 빠졌던 시간, 때로는 아무것도 하지 않고
심심한 채로 멍~하니 있던 시간들의 공통점은 딱히 고민이나
걱정이 없었던 순간이었다. 지극히 평범하지만 평온하고 평화
로운 시간이었다.

만약 그런 시간들이 있었다면 그때가 바로 행복한 순간이
고, 그 시간들을 행복하다고 느꼈다면 바로 그 사람이 행복한
사람이다. 내가 앞으로 얼마를 더 살지는 알 수 없다. 하지만
살아 있는 동안은 매일 찾아오는 오늘을 만끽하며 나흘 같은
하루를 보낼 것이다. 그것이 내가 찾아낸 '암 발병을 후회하지
않고 사는 유일한 방법'이다.

차에 올라타 시동을 걸다가 문득 처음 항암치료를 하던 날
이 생각났다. 6개월 전만 해도 항암제에 취해 택시조차 탈 수

없어 지하철을 타고 집에 갔는데, 지금은 병원에서 약도 받지 않고 내가 운전해서 집으로 돌아가고 있다. 새삼 기뻤다. "인간은 자신이 행복하다는 것을 알지 못하므로 불행한 것이다." 라고 도스토예프스키는 말했다. 나는 지금 살아 있다. 그래서, 행복하다.

[발병]

폴 칼라니티, 이종인 옮김, 〈숨결이 바람 될 때〉, 흐름출판, 2016
36세의 신경외과 의사인 저자가 어느 날 폐암 말기 판정을 받고 죽음을 마주하게 된 후 2년을 담고 있다. 암환자와 의사를 동시에 경험한 저자의 진심을 엿볼 수 있다.

랜디 포시, 제프리 채슬로, 심은우 옮김, 〈마지막 강의〉, 살림, 2008
나도 랜디 포시처럼 생을 마감하는 마지막 순간까지 가족과 함께 보내고 싶다. 그리고 내가 그들을 얼마나 사랑하는지를 말할 것이다.

[입원]

지셴린, 허유영 옮김, 〈병상잡기〉, 뮤진트리, 2010
수술을 앞둔 환자에게 이 책보다 나은 병실 친구가 또 있을까 싶었다.

김혜남, 〈오늘 내가 사는 게 재미있는 이유〉, 갤리온, 2015
15년간 파킨슨병을 앓으면서 깨달은 것을 잔잔하게 써내려간 정신과 의사의 책.

김정운, 〈가끔은 격하게 외로워야 한다〉, 21세기북스, 2015
"하찮은 동물도 몸에 작은 상처가 생기면 그렇게 끝까지 외로운 시
간을 보냅니다."

신순규, 〈눈 감으면 보이는 것들〉, 판미동, 2015
내겐 선배가 필요했다. 평범하지 않은, 그리고 나보다 더 좋지 않은
상태에도 잘 살아가는 그런 선배가!

알랭 드 보통, 정영목 옮김, 〈불안〉, 은행나무, 2011
'살아가는 것'과 '죽어가는 것'이 묘하게 섞여 있는 게 삶이라면, 제
대로 살기만 한다면 둘 모두를 충족시킬 수 있겠다는 생각이 들
었다.

기타노 다케시, 양수현 옮김, 〈죽기 위해 사는 법〉, 씨네21북스, 2009
풀방구리에 쥐 드나들 듯 똥을 싸러 화장실을 드나드는 처지가 되었
다 해도 그게 '지금의 나'인 것을 뭐 어쩔 거냔 말이다. 오늘의 나를
온전히 인정하고 받아들일 것!

최인호, 〈인연〉, 랜덤하우스 코리아, 2010
엄마가 없는 그 빈자리에서 마음이 또 툭 꺾인다.

[통원치료]

톨스토이, 이상원 옮김, 〈살아갈 날들을 위한 공부〉, 조화로운 삶, 2007
"인간은 작은 문제들로 균형을 잃는다. 반대로 커다란 문제는 인간
을 영혼의 삶으로 인도한다."

톨스토이, 이순영 옮김, 〈이반 일리치의 죽음〉, 문예출판사, 2016
이반 일리치의 글을 다시 만나 울며 읽으면서 가슴 언저리에 콱 박
혀 있던 체증 같은 무엇이 사르르 풀리는 기분이 들었다. 그건 환자
만이 느낄 수 있는 환자의 진심 어린 위로였다.

박웅현, 〈여덟 단어〉, 북하우스, 2013
개의 시간이 원형이라 행복하기 쉬운 반면, 인간의 시간은 직선형이
라 후회를 반복하며 불행해한다. 묘하게 말이 된다.

윤성근, 〈나 한 사람의 전쟁〉, 마음산책, 2012
이 작은 시집 한 권이, 그 속에서 찾은 하나의 시가 나의 외로움
을 거둬주었다. '내 스스로 나의 발병을 용서하고 위로했기에' 가능
했다.

모 가댓, 강주헌 옮김, 〈행복을 풀다〉, 한국경제신문사, 2017
아내에게 고백한 후 나는 더이상 불행하지도 슬프지도 않았다.

[회복의 순간]

김정운, 〈나는 아내와의 결혼을 후회한다〉, 21세기북스, 2015
이 책은 '행복하려거든 매일 감탄하며 살라.'는 메시지를 전해주었다. 남은 항암 치료 기간을 잘 버티며 보낼 수 있는 더할 나위 없는 충고이자 격려였다.

후세 타로, 배형은 옮김, 〈아빠가 아이가 함께할 시간이 많지 않다〉, 갈대상자, 2017
내가 절대로 소홀해서는 안 되는 시간은, 따로 있었다. 이 책은 제목만으로도 내겐 보물 같은 깨달음을 주었다.

아서 프랭크, 메이 옮김, 〈아픈 몸을 살다〉, 봄날의 책, 2017
"당신은 위험한 기회에 올라탄 겁니다. 운명을 저주하지 말길, 다만 당신 앞에서 열린 가능성을 보길 바랍니다."

미치 앨봄, 공경희 옮김, 〈모리와 함께한 화요일〉, 살림출판사, 2017
인간에게 사람으로 사는 가장 숭고한 마음은 마지막 순간까지 고통을 감수하며 자신의 감정과 생각을 기꺼이 나눈 거라고 꺼져가는 숨을 쉬며 모리 교수는 말하고 있다.